跟孩子互動應該是一種分享，無論是情感或知識。比如一起閱讀繪本，或陪他們說說故事，靜聽他們談談心得，用孩子能懂的語言，由衷肯定他們的意見，引導他們思考問題，從日常生活中學習對美的鑑賞與實踐。

日常生活中多鼓勵孩子放膽試一試，一旦涵養成為習慣，她們就可以逐步獨當一面。

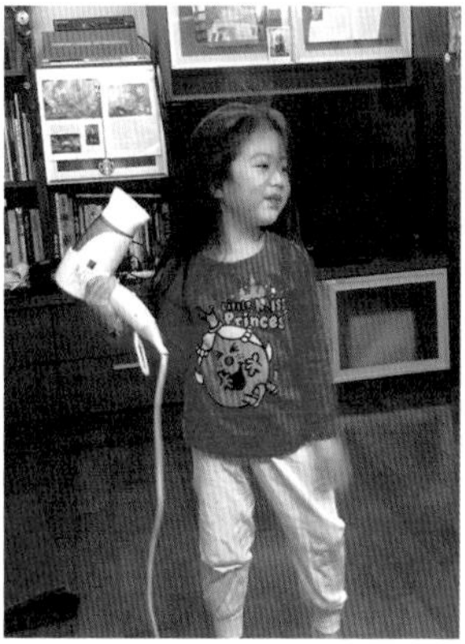

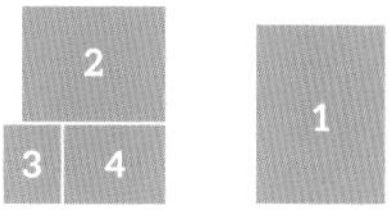

1　海蒂和諾諾幫忙灑掃庭除。

2　小小攝影師諾諾。

3　諾諾自己吹乾頭髮。

4　二妹到公園騎單車。

大人試著站到孩子的那一邊，蹲成跟孩子同樣的高度；認真傾聽、一起討論，由衷肯定孩子的意見，引導他們思考問題⋯⋯讓孩子開心學習，自然能達到濡染的目標。

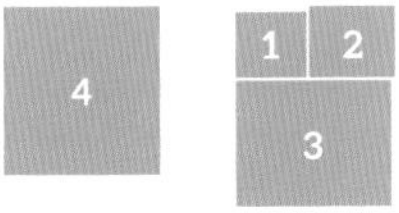

1 孫孋三人到淡水雲門觀賞席慕蓉荷花展。

2 海蒂和諾諾受《紅樓夢》魅力吸引，最喜歡撿拾落葉，仿效黛玉葬花。

3 「青木工坊」攤位上的叔叔，讚美海蒂與諾諾認真實作木筷的埋頭苦幹：「這是我看過年紀最小的筷子製作人了。」

4 兩捲印了現代詩的彩色膠帶，舉家互貼，扮鬼臉、唱歌，好不開懷。

姊姊海蒂一向非常喜愛繪畫，養成跟阿公一樣的習慣，到哪裡都帶著筆跟紙，走到哪裡、畫到哪裡。這本《為什麼太陽不升起？月亮還在？》可說是她今生第一本創意繪本書。

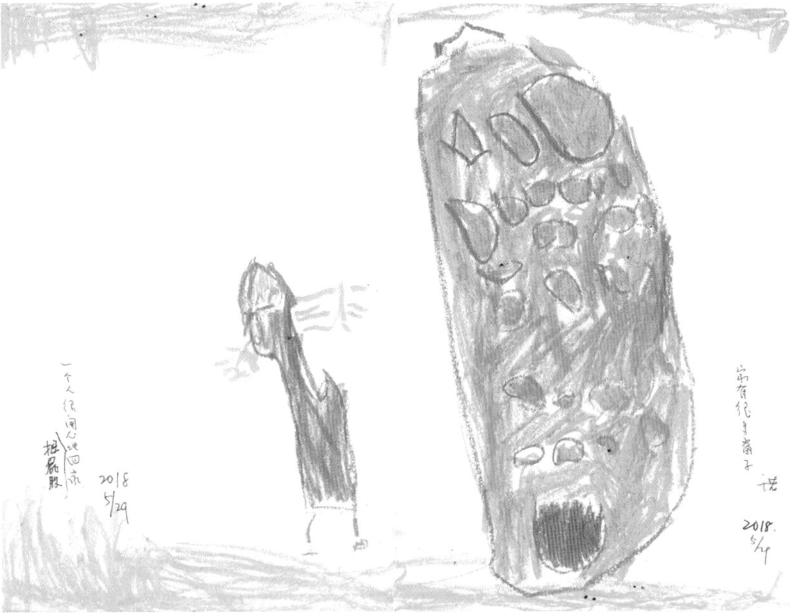

妹妹諾諾年紀小，卻不認輸，說起故事和畫起圖來，頗有跟姊姊較勁的意味。剛開始大人說故事給她們聽，現在，輪到她們畫繪本書給大人看，學會的本事越來越多了。

讓世界變得更美麗的方法。

廖玉蕙 著

讀出太陽的心情

孩子生活美感的練習

推薦序

當嬰兒潮變成了阿公阿嬤潮

——寫給有點老又不太老的我們

小野 作家

1 畫樹的男人

有天清晨，我們去運動，順便逛了一下位於杭州路上的南門市場中繼站。遠遠的看到有個男士坐在一棵樹前面寫生。從背影看起來，這個男人有點老又不太老，他身邊放了些剛剛買的水果和蔬菜。我在猜：他一大早去送孫女上學，順便買些她們愛吃的菜，然後就坐在樹前面寫生。我已經猜到他是誰了，他是台北風景的一部分，一位退休的工程師、畫家蔡全茂，還有另外一個更多人知道的身分——名作家廖玉蕙的先生。

2　關於我們這個世代

他們這對當年因為相親而結為夫妻的組合，真的是文壇少有的絕配，一個沉默如山，一個翻騰如海，山有山的雄偉堅定，海有海的波濤洶湧，如今，有了和許多嬰兒潮的人同樣的命運：被時代的巨輪推向人生的另一端，成為了阿公、阿嬤。這是一個不可逆的人生。

這個世代的確是存在於我們社會上很強悍又很麻煩的一群人，其實何止是一群？簡直就是占了人口比例最多的那個年齡層。我們的兄弟姊妹隨便數數都有五到十二、可以直接組一個籃球隊的那個驚人數目。由於貧窮匱乏，和不斷變化的時代使他們能夠接受嚴苛考驗和磨練、懂得把握機會、拚命工作，具備了很強的競爭力和忍受挫敗的能力，成為一個又一個像工具般很「有用」的人。

由於社會脫離了戰爭，得以快速發展經濟，給予我們能夠安身立命，甚至輕易獲得名利的大好時機。在某方面他們很快超越了上一代，甚至讓下一代也望塵莫及。我們往往忘記其實這只是時代造成的，為此，我們甚至會得意忘形地向下一代炫耀自己的「成功」，要求他們遵循我們的道路。

但是請務必接受一個事實：我們是最缺乏藝術、文學、音樂涵養的一代，也是最缺乏美感的一代。這其實和我們的時代和強調升學考試的教育體制有關。印象中我們的美術課、音樂課和體育課都拿出來上那些和升學考試有關的數學和理化和英文，這樣的傳統隨著時代變遷，到了下一代有點改善，當然改善後的下一代又有了自己的孩子（也就是我們的孫子孫女），對於教養觀念也有了更自然的改變，他們開始重視孩子在文化藝術上的品味。

3 如海般壯闊的女人

我一直強調「我們」，當然也包括我自己在內。差別在於有沒有認知到自己的「危險」，有沒有自我覺醒。記得在送兒子出國讀書時，我說了一句語重心長的話：「你走遠一點吧，這是我能夠給你最好的禮物，離開我越遠越好，你能成為你自己。」這就是我的自覺，我洞穿了自己腦袋裡的餘毒，我會花一輩子的時間和這些「餘毒」對抗，過去我寫的親子散文其實是我一系列的「懺悔錄」，從孩子的成長回看自己成長的陰影。

廖玉蕙和我算是住在不遠的鄰居，在同一個世代中，不管是養兒育女，或是含飴弄孫，都略略走在我們前面，因為她寫的場景都是我最熟悉的，遇到的教育和教養課題也和我們的差不多，所以她當年一系列幽默的親子散文，也很自然的成為我的標竿。

她有一種渾然天成的幽默感，不管是聊天、演講或是寫作（不包括嚴肅的學術論文）。嘲諷別人叫刻薄，嘲笑自己叫幽默，廖玉蕙習慣嘲笑自己，她的幽默來自原來的個性和她對於世事的洞察力和包容力。有她在的地方，就有笑聲，所以朋友們都喜歡和她混在一起。當她有了兩個孫女後，對於教養有了更新、更深的領悟，從重視美學、文學、藝術的角度陪伴兩個個性不同的小孫女們成長。

我想有一個會畫樹的阿公和一個會帶領她們享受文學、藝術、音樂的阿嬤的孩子，未來也一定會是一個懂得美、享受藝術，追求一個更豐盛的人生的大人吧？

我模仿這本書的風格，也加上一段愛心提醒和延伸思考：

戰後嬰兒潮世代不要犯的錯誤

一、輕易灌輸自己的成見和偏見，包括政治傾向、人權、人生價值和哲學。常常隨口說說連自己都不太確定的「大道理」。偏偏大道理往往才是天大的謊言，所以請不要對孩子說謊。

二、過度的生活照顧和給予生活規範，降低了孩子們自主生活和判斷的能力。

三、為了取悅、討好孩子，經常購買他們想要的東西，往往已經多到連孩子都不記得這些東西了。漸漸他們習慣了這樣的模式，認為是有求必應是一種「理所當然」。少了飢餓和渴望的感覺，孩子的生命驅動力會逐漸減弱。

四、因為自己擁有某方面的專業能力，例如科學、藝術等，迫不及待的要傳給孩子，強迫性的學習，會造成孩子的障礙和難度，反而破壞孩子的學習興趣和動力。

結論

孩子的學習往往是潛移默化的，模仿大人的，好奇自然的。把自己活得很好很健康才是重要的。

對待孩子「太用力」的結果，往往會有反效果和反挫力。

給予他們安全感、陪伴和愛，他們自然會感受到的，因為孩子們非常敏感敏銳。其他的事情，就留給父母親吧。

有阿公阿嬤的孩子真的很幸福，天下的阿公阿嬤互相勉勵，為了一個更美好的未來世界，留給下一代，也為了自己。

自序

常民美學的濡染

我們常常帶著孫女見識些新鮮事，更常陪伴她們度過些尋常日。

新鮮的事譬如：看戲劇、聽音樂演奏、觀賞美展，甚至去做陶藝、竹筷；採草莓、到鄉下老家附近拔蘿蔔、看農夫插秧或收割、製作卡片、讓她們拿手機錄影，然後將影片送給家人慶生、去旅行……

尋常日的活動如：閱讀、散步、嚐美食、做運動、玩桌遊、畫畫、拼圖、唱歌、跳舞……生活就是這樣徐徐展開，新鮮和尋常交迭，串聯其間的，是無止盡的學習、對美的鑑賞，連帶引發對愛的嚮往、叩問與應答。

前些天，七歲的大孫女海蒂在夜裡將上床之際，情詞懇切跟阿嬤說：「阿嬤，你能跟我一起上床嗎？我有重要的問題要請問你。」通常只在阿嬤提問時回答或回問的孩子，忽然鄭重其事要開問了。阿嬤立刻放下工作，把電腦關掉，跳上床。

「什麼問題？請說。」阿嬤問。

「阿嬤，你有好朋友嗎？」「有啊！」

「是誰？」「就是我常提起的那四位作家姨婆啊！」

「你們在一起都在做什麼？」「就是偶爾會約著一起吃飯；或分別打電話聊天；或在臉書私訊對話框裡一起聊心事；或看到好文章，相互傳告；或轉好文章的連結並交換閱讀心得。」

「那在日本帶我們去迪士尼樂園的姨婆呢？她是你的好朋友嗎？」「當然也是。但她住得遠，我們比較沒經常聯絡，她是阿嬤的學妹。」

「那今天請我們去看燈展的拉大提琴的C伯伯是你的好朋友嗎？」「也是啊！」

「是最要好的嗎？」「喔喔……不算『最』要好，他算是最新的朋友。」

「最新就不能算是最要好嗎？」「也不是這樣，但那幾位作家姨婆都跟阿嬤交往了幾十年。朋友的交情有時需要時間累積，交往那麼久，沒吵架，很投機，很不容易，就一定是好朋友啊！」

因為拉大提琴的C伯伯剛剛才在台中燈展中見過，海蒂印象深刻，因此繞著伯伯開問：「作家姨婆們跟你同樣是寫文章的，日本姨婆是你的學妹，那你跟C伯伯是怎樣認識的？」

阿嬤不防有這一問，沉吟一下，細說從頭：「我們都是行政院公共工程委員，在一起參加政府標案的評選時認識的。」海蒂問「標案」是什麼？阿嬤簡單解釋：「政府要選擇廠商來幫忙辦活動，就邀請有相關專業知識的五個人去聽廠商做簡報。譬如有三家廠商來投標（就是寫計畫書投過來），資格如果符合，就會被要求來做簡報。我們五人聽完簡報後，決定給哪一家承辦，這些人就叫『評選委員』，我們有一回一起當評選委員。」

沒想到海蒂大表興趣，問：「那評選委員怎麼決定選擇哪一家呢？如果每個委員喜歡的廠商都不一樣，是要商量嗎？」阿嬤沒料到七歲小孩會對此事有興趣，決定趁機給她培養一些公民素養。於是很當一回事地回答：「一般是不能商量的。每個委員都會有一張分數表，表上列了幾個項目，各自保密評分，還排名次。」

海蒂真好問，馬上問：「項目是哪些？」阿嬤只好鉅細靡遺回答：「項目包括：計畫可行嗎？內容精彩嗎？預算編列合理嗎？以前有經驗嗎？簡報講得夠清楚嗎？聽完簡報，每人各自給分後，拿給主辦單位計算名次，名次最前面的，就算得標。」

海蒂很認真聽到這裡，好奇地問：「那時候，C伯伯跟你都選同一家嗎？」阿嬤說：「打分數不能偷看別人選誰，是匿名的。但那次好像廠商的好壞程度差很多，全部的人都選同一家。」

海蒂不死心，繼續問：「那後來呢？」「什麼後來？」「就是後來怎麼變成朋友的？選完之後，你們有一起去吃飯嗎？」「喔！後來阿嬤在會議結束後，看到C伯伯背起一個大提琴，關心他提琴很重嗎？他說：『不重，但有點貴』。你知道他說的是什麼意思嗎？」「我知道，是提琴重量不重，但買起來要花很多錢嗎？」阿嬤誇她聰明，繼續說：「後來，C伯伯可能上阿嬤臉書，看你們可愛，就邀請我們一起去聽他主持的親子音樂會，你記得嗎？那次在國家音樂廳。」

海蒂點頭，又問：「聽完音樂會，你們就變成好朋友了？」「沒那麼快，再後來，他又邀請阿嬤去他的學校演講。去演講那天，因為學校比較遠，伯伯開車來接我去學校，演講前還請阿嬤吃了一頓飯。」

「因為路遠，他開車來接？還是因為吃飯，讓你們變成好朋友？」這樣的提問，讓阿嬤瞬間愣住。「不是來接或吃飯變成好朋友的，是因為路遠加上吃飯，有比較多的時間聊天，互相了解較多，才變成朋友。」

「阿嬤去演講給什麼樣的人聽？」「講給大學生聽。」

「你去講什麼？」「去講怎樣愛自己跟愛別人。去年演講一次後，今年他又邀我去講第二次，你知道為什麼嗎？」

「是啊，為什麼要聽第二次？」海蒂覺得奇怪。阿嬤講得口沫橫飛，開始吹牛：「不是給去年的聽眾聽，是他們的學弟妹。學校請人去演講，一般會在事後請聽講的學生填問卷，問喜歡這個演講嗎？有從演講中得到收穫嗎？或你會推薦這位講者給學弟妹們嗎？如果講得不錯，可能就會繼續邀請。」

「阿嬤的意思是你講得不錯？」「應該是吧！講得不好，誰會再邀請？」

阿嬤趁機繼續吐苦水：「你看，你們每次舒舒服服睡覺了，阿嬤都還在電腦前工作，就是在準備演講內容。」阿嬤好為人師的毛病犯了，開始傳道：「以後你長大了，做任何事都要認真準備，做個受歡迎的人。」

次日早餐時間，阿嬤跟大家轉述和海蒂的夜談，大家都稱讚海蒂好會問問題。五歲的妹妹諾諾不示弱，隨即提出她的疑問：「阿嬤，那麼，你的那四個好朋友當中，你跟哪一位最要好？」阿嬤說：「四位都很好啊！」諾諾堅持要說出排行榜中之「最要好」。阿嬤被迫表態，只好挑一位聯繫最密切的L。諾諾很快問：「為什麼是她？」「因為……因為我們兩個常常交換作品，互相挑錯字，給對方建議。就像你常常給我建議：『阿嬤，我建議你換那雙藍色的鞋子，比較能搭配你今天的衣服。』一樣，你希望我穿得更美麗，我們也希望對方寫出來的文章更好看，而且沒錯字。」

午後聊天。阿嬤問：「我們談了我的好朋友，現在阿嬤很好奇你們有沒有好朋友？」兩個小朋友爭相說出好幾個朋友的名單。

阿嬤問：「為什麼這些人變成你們的好朋友？」海蒂說：「我們中午一起在學校吃飯，常常聊天，下課一起玩。」諾諾說：「我們也是。上課不能講話，我們下課會一起聊天。」

阿嬤說：「你們都聊些什麼？」海蒂好會盤整，她說：「我們最常在星期一聊天，聊星期六、日去哪裡玩？買了什麼玩具？看到什麼有趣的事？……

我們什麼都聊。」諾諾這時也加以補充：「我們會一起看書、唱歌、跳舞、賽跑，但是……」她有點遺憾地說：「但是，我們沒有像你們一樣互相改錯字，我們還沒學會寫字哪。」

阿嬤好興奮，孩子開始關心親人的人際網絡了。她們想知道好朋友的定義，好朋友都是怎麼認識的？因為聽了幾場音樂會，她們對音樂著迷後，想多理解大提琴背後的邂逅緣會，相關的知識便像連環套般環環相扣著被拉著出來。單純的一個好奇的發問，帶出海闊天空的漫談，世界就變得無限廣闊。……我們談到許多連一般大人都不一定知曉的公民素養，她們才七歲跟五歲，卻興味盎然地凡事問，感性的愛憎跟理性的知識交雜，煞有介事。

孩子睡了以後，我看著她們憨睡的臉孔，如此寧靜安詳，似乎帶著滿足的微笑。我對自己說：「來吧！看來新的挑戰才要開始，好希望她們將來能在常民美學的濡染下，成為一個勤於思考、敏於感受，不吝示愛、勇於質疑，並且有美好品味的好國民。」

【輯一】

不試一試怎麼知道

——生活裡的獨立作業訓練

雖然是承平年代，但生活中必備的基本信念及技能，還是越早具備越好。所謂信念，是人的中心思想；所謂技能，是學得的生活技能。

孩子尚未社會化之前，就像一張白紙，乾淨純潔。教育就像在白紙上著色，近朱者赤，近墨者黑。他們將來會過上什麼樣的日子，跟小時候的學習息息相關。

家務的分攤一直是兩位小朋友最熱中的活動。她倆打小的口頭禪就是：「我來！我來！」隨著年齡的增長，工作的質、量都與日俱增，從阿嬤做飯時幫忙揀菜、洗菜；清潔工作的抹桌椅、灑掃庭除；自身洗髮、潤髮、吹乾頭髮；到幫忙倒垃圾、煮咖啡……她們都逐步參與，甚至開始獨當一面。

可能因為大人人前人後的讚美，激發出她們高昂的興趣與持續力，至今不輟且樂此不疲。她們對家庭的貢獻，與時俱進，累積的能力也相當可觀，預料長此以往，將來自組小家庭時，對應生活應該游刃有餘。

除了家務之外，生活裡的獨立訓練，還包括：美學素養，觀看世界的多元角度。孩童閱讀繪本，從繪本中學會顏色的搭配、衣著的自行選搭、不同場合的穿著禮節，孩子耳濡目染，開始建立起他們的審美觀。我們希望孩童能在生活中學習對美的鑑賞與實踐。美學素養絕對是教育裡不可或缺的一環。

其次，一個金字塔型的社會，居上位者少，下位人多。居上位者，得常常想起弱勢，否則龐大的基礎鬆動，覆巢之下哪還有完卵！相互疼惜正是社會安穩的基石，這樣「人溺己溺」的想法若及早扎根，對國家和社會、家庭都是很大的助益。

當然，教養不是靠高壓填塞，最重要的引導是問問題，不是給答案。提問可以幫助他們釐清問題，但大人有時也得明確回應孩子的需求，如此可以開啟另一個境界。譬如：從警覺到逐漸長大的姊姊渴慕單獨和大人相處的時間，大人就不再以「姊妹理該相親」來強勢拉攏兩人，偶爾甚至還可以特別安排海蒂和長輩的單獨相處時間及空間，來滿足她的情感需求。

另外，我們的教育一向強調「君子不重則不威」，所以，父母師長都教我們要「莊重」、「正經」，偶爾開點無傷大雅的玩笑，便被斥為「嬉皮笑臉」或「玩世不恭」，這種過度謹小慎微的拘束，反應在生活中就被侷限在固定且陳舊的思維裡打轉，怎麼也繞不出死胡同，這也是這一輯裡強調的重點：

只有放鬆的心情，才能看到滿天美麗的星星。

最重要的是，大人也該在心裡留些空位，來容納新知。在和孩子相互切磋之時，也要有雅量接受孩子的建議。若是他們的建議得體，不妨欣然接受指點；若是有不同意見，也可和顏悅色說明。大人因為社會化的緣故，常常沾染上許多不自覺的世故，失去了清純的初衷，大人必要時，也得按「提示」！

不試一試怎麼知道？

1　試一試當「奶奶」

正在書房中審查計畫案，姊姊海蒂忽然推門進來，雙手奉上一張紙：「奶奶，送給你兩顆愛心。」

紙上果然是用原子筆畫的兩顆心。這娃兒奇怪，從一進門開始，便一直管阿嬤叫「奶奶」。阿嬤問：「海蒂為什麼今天不叫我『阿嬤』，卻叫我『奶奶』？」

她慎重其事地解釋：「阿嬤就是奶奶，阿公就是爺爺，婆婆就是外婆。」後來才知道，阿公跟她讀故事書，書裡出現「奶奶」的角色，阿公特別跟她解說這兩種不同的稱謂。

她忒愛「奶奶」的稱呼，每次叫、每次發笑，阿嬤說還是叫阿嬤吧，習慣些。

她不管，直到臨走在電梯內說再見時，猶然大聲笑說：「奶奶再見！」阿嬤被實驗試著當了一整晚的奶奶。

夜裡，雙姝走後，阿嬤獨坐書房電腦前做功課，不時低頭看見鍵盤旁邊海蒂送的兩顆心，不管是當阿嬤還是試一試當奶奶，都感覺好窩心、好幸福。

2 你也要試一試啊！

這期的《小太陽》（信誼）來了，正好爸媽也來了。媽媽陪著二姝坐客廳地板上玩《小太陽》裡頭的翻牌遊戲，憑記憶翻出最多兩張一樣牌的人贏。諾諾老是拿不到成對的牌。一局結束，她彎著身子，小手奮力大幅度洗牌，然後跟媽媽說：「我們來把它混一混，看會不會比較平均？」阿嬤、爸拔跟媽媽統統吃了一驚，難道她以為她輸了是因為發牌不均？是誰灌輸她這種人間的狡詐手法的？

她邀請爸拔一起來玩這個翻牌遊戲，爸拔邊滑手機、邊敷衍她說：「不要，這遊戲太難了，我不會。」諾安慰爸拔：「沒關係啦，你也要試一試啊，總是會有機會翻到一樣的牌啦。」我覺得她看似在安慰爸爸，其實是在鼓勵自己。

3 不會的事怎麼辦？

從台北回台中老家的次日早上起床，小朋友正吃水果、麵包當早餐。姑姑打開冰箱說：「諾，冰箱裡還有你昨晚吃剩的蛋餅。」

諾很驚訝回說：「奇怪，蛋餅怎麼跟著回台中來了？它跳啊跳地，推開門，自己打開冰箱跳進去嗎？」姑姑看了看冰箱內的食物說：「我來煮個麵線吧，有沒煮的乾麵線。」諾問：「麵線也躺在裡面啊？」

海蒂取過一瓶剛買的盒裝牛奶，請正忙著洗水果的阿嬤幫忙開。阿嬤跟她說：「這件事我不在行，找姑姑，阿嬤最不會開這種盒子。」在一旁的諾又來了：「你都沒試，怎麼知道不會？你要試試看啊。」這話好熟悉，似乎是阿嬤常跟她說的，這傢伙正以子之矛攻子之盾。

阿嬤被說得不好意思，只好左扭右旋地，終於旋開了。諾諾很欣慰，說：

「看，這不就打開了！」阿嬤問：「所以，不會的事應該怎樣？」阿嬤以為她會回答：「所以不會的事要試一試，才知道其實很簡單。」

但是，諾追根溯源搶答：「不會的事就可以找阿嬤幫忙。」

延伸思考

孩子的氣性各自不同，有的膽小保守，有的大膽開放；有的隨性，有的執著。但無論是哪一種傾向，被鼓勵放膽試一試後，一旦涵養為習慣，將決定未來是否有更多的契機。

但如果鼓勵孩子試一試，大人卻龜縮守成，或心如死灰地順著最容易的地方走，孩子看在眼裡，記在心上，口頭的鼓勵終將只淪為制式的口號。無論如何，「教學相長」永遠是教養的重要守則。

眼淚會流成一條河

阿嬤約大嫂跟二姊在一起吃晚餐。

大嫂來赴約時，買了一包好吃的巧克力，遞給諾諾，諾諾不肯拿，撇過臉去，舅婆只好交給姊姊。大人說話，小朋友想是無聊，在附近捉迷藏。

次日，阿嬤進行溝通，想知道諾的想法。諾說不好意思收禮物，阿嬤說：「舅婆是自己人，因為愛你，買巧克力送你，你可以收起來，然後說『謝謝』就行了，你這樣有點不禮貌。」

姊姊走過來說：「舅婆又不是陌生人，我就收下來了，而且我有跟舅婆說『謝謝』。」

阿嬤加以讚許，並補充教育：「昨日你們在餐廳外頭躲貓貓，萬一碰到陌生人抓你們怎麼辦？」

諾說：「我就用盡力氣把他踹扁！」阿嬤說：「你力氣沒那麼大，別說大話。」

姊姊說：「我會大聲哭，喊救命。然後眼淚流啊流的，就會流成一條河，我是小龍女（她屬龍），有游泳圈，可以游泳跑掉。」妹妹開始發揮想像力：「我的眼淚也會流啊流的，變成一條大河，然後，我就可以划船跑開。」

延伸思考

大人常叮囑小孩不能隨便接受別人的餽贈，但什麼叫「隨便」？「隨便」的標準在哪裡？貴重的不行，但貴重的標準不一。對小孩來說，金鎖片一點都不貴重，一個小皮球倒是稀奇過其他。過年時親戚給的紅包該不該拿？阿嬤的可以，阿姨的不要，為什麼？這些人情世故像眼淚匯集成的河流，枝枝節節，有時還真說不清。小朋友得跟大人一樣，花一輩子的時間來琢磨。

隨時可以機會教育

昨晚，海蒂邀請阿嬤跟她玩搭飛機出國的遊戲，阿嬤忽然想起聯航超賣機票的新聞，非常氣憤，就想來一段新聞報導兼機會教育。

阿嬤跟姊姊說，現在我們搭的飛機有幾個位置？如果有六個位置可不可以賣八張票？姊姊說不行，因為會有人沒位置坐。

飛機上沒位置坐可以嗎？「不行，因為不能繫安全帶，在天上很危險。」她滿有概念的。

阿嬤跟姊姊談起聯航事件：「有一架飛機，因為多賣四個位置，要請四位旅客下機搭乘下一班，或轉到別的班機。可是，廣播後，沒有人願意搭下一班飛機。公司不得已決定抽籤決定下機者，結果有一位中籤的醫生，因為有病患在醫院等他看病，他拒絕下飛機，結果被強行拉下飛機。」

為了徵實，阿嬤打開電腦，讓姊姊看新聞，報導中，那位可憐的醫生被強拉出座位，拖行在走道上，事後還嘴邊滲血地抗議。

姊姊眉頭皺得好緊，一直喊：「好可怕！」

阿嬤問她：「這樣做對嗎？」

她把頭搖得像博浪鼓，然後提出一個關鍵問題：「為什麼飛機要賣那麼多票？」

阿嬤跟她解釋：「常常有人遲到，或因為其他原因沒趕上飛機，或臨時取消座位，所以，他們常常多賣些，有人取消時就可以遞補，免得位置空在那裡，損失太大，少賺了錢。」

「哦！」她似懂非懂，但又提出第二個問題：「為什麼要抽中醫生？」

阿嬤說：「不為什麼？抽籤就是這樣，抽中誰就是誰，就像我們玩抽鬼牌，誰都不想抽中鬼牌啊，但是就是有人會抽中。」

「哦！」她看起來無法理解：「可是，這是假裝的玩遊戲嗎？」

「哦！」這下輪到阿嬤傻眼。「不是玩遊戲，是真的抽中了。」阿嬤回說。

「那不應該抽中醫生的。」她很認真地說。

「為什麼？」這下輪到阿嬤不懂了。

「醫生不是說，有病人等他去看嗎？而且，醫生在飛機上很重要。」

姊姊忽然侃侃而談起來：「飛機上如果有醫生，病人就放心了。如果有女生忽然肚子痛要生小孩，醫生就可以幫忙生小孩；如果有人感冒咳嗽，他也可以治療。」接著說：「如果有人像他現在一樣，嘴巴流血，醫生也可以幫他擦藥。」

現在是怎樣？變成職業有貴賤的論辯了嗎？樓，整個歪了啦，姊姊。

延伸思考

每天，只要打開電視新聞，就有層出不窮的事件發生，針對發生的事件，進行機會教育常常最有效。藉由長幼之間的叩問、回答、聯想、思索……的聊天，統整歸納，一來建構出孩童對現世的關心與認識，一來也慢慢培養出個人對應人世的方法。有想法的孩子將來不至於人云亦云，她會用腦思考。

相互疼惜

前幾日，我先回台中榮總陪病。次日，阿公跟小姑姑帶著兩位小孫女南下，一下高鐵，即刻直奔醫院。

兩個小孫女戴著口罩出現在病房門口時，護理人員正推著藥品及儀器車子做例行巡房，窄窄的健保病房裡，空間顯得有些擁擠。

為了讓病中的姊姊開心，我請小傢伙去跟姨婆打招呼加油。海蒂大大方方進去，除了給她們最愛且最孰悉的「不小心姨婆」問安外，還握拳朗聲說：「姨婆加油、加油、加油。」而且對護士俏皮的問話，有問必答。

諾諾的反應不同，她不肯進病房內，好說歹說都不肯，我們以為她被這陣仗嚇到了，膽子小，也隨她去，不勉強。

回到家，洗過澡，阿嬤和她們聊天時，問諾：「你不是專程回來看姨婆，要去給姨婆加油，下午到了醫院怎麼不肯進去？」

諾的回答出乎意料之外，她說：「我想等她們出來。」所謂的「她們」指的是護士。阿嬤回想起來，她的想法是對的，我們急著讓她進來，確實有欠思考。護士正工作中，我們不該打擾的。

其後的兩天，我都中午時分出門，夜裡晚晚回家。出門時，她們都很乖地跟阿嬤說：「阿嬤要去照顧姨婆嗎？」回去時，才擠到門口來歡呼迎接，看起來很識大體。

先前，閒談中，姊姊問：「阿嬤，你為什麼要去照顧姨婆？」「因為姨婆是阿嬤的姊姊，姊姊生病了，妹妹心疼，當然想去照顧她、陪陪她。你們以後長大了，也一樣要相互照顧，妹妹生病了，你也要照顧她。」

諾接著說：「姊姊如果生病了，我也是要去照顧姊姊啊！對不對？」

好孩子，沒錯，人生就要這樣，相互疼惜，相互提供支援。

阿嬤以後還得慢慢告訴你們，不只是姊妹之間得如此。當我們境遇好些時，要照顧境遇差的；幸運的時候要關心不幸的；聰明的人要多花點心思為先天條件比較差的設想，絕不能因為多讀了些書，就理所當然覺得應該享盡所有資源。

延伸思考

親子間的溝通如果能常問為什麼，甚至養成習慣，必能讓誤解減到最低。諾諾不肯進去病房問候最愛她的姨婆，曾一度讓阿嬤惋惜她的無情或膽小，直到再度確認後，才知諾甚至比阿嬤在思考或做法上更周延，阿嬤不得不服。只要多一點耐心溝通，會發現孩子常常比我們想像的更成熟，不能小覷。

幸與福

朋友送了一捲印了現代詩的彩色膠帶，兩個小孫女取出，剛開始只貼在自己的手上，其後惡作劇地追著黏貼在阿公的腿上、手上，接著是小姑姑、阿嬤的臉上；阿嬤展開反擊，也追著貼到兩位小孫女的臉上，舉家互貼，扮鬼臉、唱歌，好不開懷！

小龍女的額頭上一排字──「已經沒車子了」。兩個小朋友爭相要去照鏡子，阿嬤說：「用相機拍下，就可以看得更久了。」於是，貼了膠帶的臉便一張張被收入鏡頭中。小龍女不但幫我們拍，還將相機拿遠遠的自拍，全家人都玩得好開心。

阿嬤仔細將膠帶上印的詩看了一下，是羅青的詩〈回家〉：

已經沒車子搭了

你要是堅持
搭鞋子回家
我便騎晚風
陪你

一首很可愛且詩意盎然的詩，在有趣的「搭」鞋子、「騎」晚風反常合道的錯置下，「家」跟「陪」顯得格外溫馨。

此詩值得再三俯首沉吟。「你要是堅持」裡的「堅持」二字，彰顯的是被陪伴者個體的獨立——他要搭鞋子回家；「騎晚風」是陪伴者的溫柔妥協。陪伴者體認自己終究是從，不是主，主觀意志不要妄想強加在被陪伴者身上，但彼此意見總會有所不同，這時，憤而離去是下策，若能跌宕出奇巧的兩全才是高招。

延伸思考

同理心的無怨付出，是家人相濡以沫的良方，一則小詩寫盡了相互對待的溫柔。你要「搭」鞋子回家，那我就「騎」晚風陪你，創意永遠是贏家。光幾截寫了詩的膠帶，就帶來一整天的歡樂，這應該是名符其實的優質文創吧。

小孫女的建議

小朋友來跟阿公、阿嬤商量，說想去中正紀念堂餵魚。阿嬤提了但書：「只能去餵魚，順便買玩具吹風機的電池，今天不能買別的吃的或玩的。」

二姝爽快答應，並奔去後面稟報阿公。兩人從裡屋出來，看到阿嬤還好整以暇坐在沙發上，姊姊說話了：「阿公在換衣服了，阿嬤你不要一直坐著滑手機。」阿嬤說：「我已準備好了，說走就走啦。」

姊姊上上下下打量著，問：「阿嬤你不換衣服啊？」

我也跟著打量自己，棉麻上衣，休閒短褲，問：「這樣不行嗎？」

諾諾誠懇說：「我建議你換一下衣服。」

蝦密！這傢伙成天提供建議。

平常，出門在電梯前穿鞋，她會說：「我建議你穿這雙紅鞋子，不要穿藍的。」

然後，把我拿出來正要穿的藍鞋拿開，換成紅鞋，說：「這樣比較配你的衣服。」我看看身上穿的紅衣服，只好聽她的。

我匆匆把腳伸進鞋內，踩住鞋跟後面，快速閃進電梯內；已在電梯內候著的她，必定很快蹲下身子，用手將阿嬤鞋跟後方拉起來，老里老氣說：「阿嬤，我建議你將鞋子穿好再出門，免得跌倒。」

說故事給她們聽，她們也常說：「我建議你先講這本，再講那本。」阿嬤在電腦前久坐，她們一定會跑進書房說：「我建議你不要看太久的電腦，眼睛會瞎掉。」

前些日子，爸媽提早送他們來阿嬤家，阿嬤習慣晚起，惺忪著雙眼在客廳呆坐。

諾諾湊過來問：「你為什麼穿這樣？」阿嬤問：「這樣是怎樣？」

諾問：「這不是睡衣嗎？」阿嬤說：「睡衣又怎樣？阿嬤剛起床。」

諾答：「你又不是要睡覺，幹嘛穿睡衣？我建議你去換一件衣服。」阿嬤惱羞成怒，反擊：「我穿睡衣就該去換一件？我常在Skype上看到有人回家就脫光衣服，像小狗一樣吐著舌頭跑來跑去喊：『我要喝牛奶，我要喝牛奶。』那人是誰啊？」諾諾駭笑著跑了。

今日又提建議換衣服。阿嬤也不是不肯接受建議的人，一向廣納忠言。踱到更衣室，兩位小朋友跟著擠進。阿嬤換上一件較新的上衣，姊姊問：「就這樣喔？」阿嬤問：「不然咧？」「穿短褲不好吧？」

好吧，阿嬤從善如流，換上牛仔長褲。姊妹倆齊聲問：「穿牛仔褲哦！」顯然姊妹倆還不滿意。

那到底她們希望阿嬤穿什麼啦？姊姊說：「我們以為你會換一件跟我們一樣的漂亮洋裝。」

阿嬤才不任她們擺布（其實是沒有適當的洋裝穿），阿嬤說：「去餵魚不用穿洋裝，只要帶魚食就行了，魚不看人只認魚食。」兩個小朋友哈哈大笑，我當她們聽懂了阿嬤的幽默，誰知她們倆邊笑邊擠眉弄眼說：「帶魚屎！帶魚的大便嗎？……阿嬤，不是魚屎啦，是魚的飼料才對啦。」

結果餵了魚後，姊姊說：「阿嬤，我好渴。」好渴的意思是什麼？找不著公共開水，直接往萊爾富去買水。要買水時不小心看到優酪乳，兩姊妹說：「優酪乳也可以解渴哪！」好吧，換成一人一瓶優酪乳，小朋友歡呼。

結帳時，孰悉的老闆娘問：「今天韓國冰棒打折哦，買兩枝省十多塊。」兩姊妹眼巴巴地看著阿嬤，雖然什麼話都沒說，阿嬤卻覺得眼神裡有千言萬語，只好說：「那一人一枝吧。」兩人將優酪乳放阿嬤手提袋內，打開冰棒吃將起來。諾諾跟姊姊好殷勤，都拿來請阿嬤吃一口。「味道不錯哪！」阿嬤嚐過，也眼巴巴地望著阿公說。阿公像對小孩說話般說：「想吃就再買兩枝吧。」阿嬤如獲恩賜，趕緊撲回去再拿兩枝；諾諾又過來請阿嬤再咬一口，阿嬤舔了口冰棒，想一想，忍不住又偷偷多拿兩枝。

回到家，小姊妹手上的冰棒吃完了。姊姊從阿嬤袋內取出她的優酪乳，就要打開。阿嬤慌忙阻止：「不是吃過冰棒了？」姊姊、諾諾異口同聲都說：「冰棒是幫阿嬤吃的，優酪乳才是買給我們喝的。」

阿嬤瞠目結舌，應該給她們什麼樣的建議嗎？

延伸思考

到了某種年齡後，配合著自主意識，從選擇穿著、髮型開始，力排眾議，有了個人主張，不再任憑父母支配；接續下來，常會進一步進入「好為人師」的實踐；於是，「建議」機制啟動，他們天真的建議常常能切中肯綮。這點點滴滴逐步的開展，正是成長的軌跡。

你拿錯牙刷了

前方的洗手間有人在使用，嬤孫兩人擠在後方洗手間的一個洗臉檯前刷牙。

小諾已經不再需要阿嬤幫忙檢查有沒有刷乾淨，阿嬤只需要叮嚀她：「不要刷太用力，牙齒上面的琺瑯質都被刷光了。」

諾看到阿嬤拿起一枝綠色的牙刷，立刻指正阿嬤：「阿嬤，你拿錯牙刷了，那枝是阿公的。」

阿嬤說：「這枝是我的啊，綠色的沒錯。」

諾皺眉說：「女生怎麼用綠色的？綠色應該是阿公的，你是女生，女生應該用那枝紅色的才對啊！」

阿嬤反駁：「誰說女生只能用紅色？」

諾糾正自己說：「女生還可以用粉紅色。」

阿嬤拿起丟在洗衣籃內一件阿公的粉紅色T恤給她看，問：「這是誰的衣服？」

她猶豫了一下答：「好像是阿公的。」「是嘛！阿公也穿粉紅色的，諾諾也穿藍色的。」她低頭看了自己的衣服，笑了。

雖然看起來是細事，阿嬤可不想她被傳統概念制約，兩性教育從小開始。告訴她，粉紅、紅色不是女性的專利，芭比娃娃也不是，男生也可以玩芭比，女生要玩推土機也是都ＯＫ。

阿嬤開始幫孫女打預防針，希望孫女有正確觀念，不要執守不知變通的刻板老想法而無意中去傷害到別人。

延伸思考

傳統的制式概念，有些儘管已經不合時宜，也還是難免頑固存留在社會大眾的腦海中。譬如：男生就該剛強威武，女人合當柔弱纖細；男孩的玩具是槍砲車子，女孩只能玩芭比娃娃；男人進廚房是沒出息，女人不諳家事是嚴重汙點，甚至正常人就該用右手執筆拿筷，左手寫字是必須矯治的異類等等。其實這些都是無稽的設限。在自由開放的年代，只要當事人喜歡且不妨礙別人，就沒有理由被視為異端。

遊戲中的學習

每隔一段時日，人生就會有些許變化。祖孫間的遊戲也是。

最近妹妹玩遊戲，自訂了新規矩。她說：「只要我穿上襪子，就變成學校的學生。」阿嬤只好跟著說：「只要我戴上眼鏡，就變成學校的老師。」姊姊回來後，也跟風：「只要我戴上髮箍，就變成小老師。」遊戲的變裝，目的在角色更換。

當我們要妹妹趕緊把飯吃完，她就去穿上襪子，說：「我現在在學校，阿嬤管不到我。」阿嬤只好趕快找眼鏡戴上，說：「諾諾同學，要午睡了，趕快把飯吃了。」

姊姊要塗抹妹妹的畫圖本，妹妹不肯。姊姊也去戴上髮箍，很權威地命令妹妹：「我是小老師，我先示範畫給諾諾同學看。」

今天戴上眼鏡的老師問小老師跟諾諾同學幾個形容詞，「欣喜若狂」是什麼？

姊姊猜：「應該是喜歡什麼東西。」妹妹聳聳肩膀。老師解答：「『欣喜』就是開心高興的意思，『若狂』是像瘋子一樣。『欣喜若狂』就是高興極了，哇哇叫。」這一點諾諾很在行，立刻兩手在天空亂搖、嘴裡胡亂歡呼，做出高興過了頭的樣子。

阿嬤天馬行空亂問：「先禮後兵」又是什麼？阿公說阿嬤亂教，這題太難。阿嬤說沒關係，遊戲嘛！會就會，不會就不會；記住了很好，記不住也沒關係，她們在遊戲，開心就好。

諾諾把小手平舉向上、手掌收收放放，邊做出拿冰塊的好冰樣子邊搶答：「就是冰塊吧。」阿嬤說不是。姊姊說：「『先』是前面，『後』是後面。」阿嬤說「禮」是禮貌，「兵」是拿槍的軍人，那先禮後兵應該是怎樣？

「前面是禮貌，後面是打架！」姊姊聰慧的接話。妹妹笑著開始「呼呼呼」做出打架的樣子。答對了！就是先用有禮貌的方式，如果不聽，就拿槍、拿棍子出來對付。

阿嬤舉例說：「譬如如果阿公溫柔地叫你們去洗澡，你們不聽話，拖拖拉拉的……」姊姊舉一隅以三隅反，很快接著說：「如果再不聽話，阿嬤就會大吼大叫。」

齁！這樣的小孩！

延伸思考

孩子學會的語彙越多，表達方式就越豐富、越傳神。在遊戲中的學習，無論是扮演或詮釋語彙的比手畫腳，都能達到同等的功效。一本正經的教育容易讓孩子疲憊，強記的學習也不容易上心，寓教於樂，既有趣又難忘。

想知道這是什麼

晨起，阿嬤猶然高臥，聽說兩位小孫女已經在園中幹了不少活兒。她們幫忙姑姑摘取台灣肉桂葉，以備午後的下午茶家族聚會；她們撿拾落葉，仿效黛玉葬花（竟然還在葬花處澆水，難不成希望它們死裡逃生？）還把紅豔豔的咖啡豆摘下至盤中。

中午，外出吃簡單的自助餐。台中的天氣真好，海蒂提議去附近的農地逛逛，全家欣然附議。

轉個彎，一片盎然綠意迎面而來，兩個小孫女齊聲歡呼：「好美麗啊！」綠意盈眼之外，天空上不時群鳥掠過，電線桿變成五線譜，小麻雀是跳躍的音符。小朋友追著小鳥飛翔的方向狂奔歡笑，笑聲在寬闊的綠野間迴旋。

海蒂真的長大了！放眼遠方，凝眸近處，處處驚呼，凡事問：「這是什麼？」

矮矮的高麗菜、花椰菜、甘藍菜；高高的秋葵、甘蔗和麻薏；空心菜、A菜、萵苣，還有九層塔和蔥蒜；日本圓茄和台灣長茄子；甚至還未結果的荔枝、龍眼和芒果樹，還有人家牆邊結了小小果子的枇杷……眼花撩亂的。

兩個小朋友左顧右盼，歡喜不迭；阿嬤被問得差點招架不住，但也著實感動。以前帶她們前來逛逛，總是阿嬤說得多，急於讓她多識蟲魚鳥獸之名，拚命主動告知，但她們未必能往心上記；現在小朋友有感，主動叩問，還反覆確認，興致勃勃，難道是時候到了的自然轉變嗎？

延伸思考

大自然的奧妙不藏在書中，它只能往大自然裡找去。出門和自然相親的孩子，心胸自然廣大，挨擠的都市叢林，心靈被禁錮進鐵窗內，視野小，心胸不容易寬闊也是理所當然。但話說回來，孔老夫子說：「不憤不啟，不悱不發，舉一隅不以三隅反，則不復也。」也許真是時候到了，有了求知慾，主動想知道時，教導的東西才容易進到心底，否則效果終究有限，孔老夫子的話果真是教育現場的真體會。

比較聰明？還是比較膽小？

午後，帶孫女去中正紀念堂餵魚。沒料到，北邊的魚池在整修，南邊的魚兒優游如故，但魚食機卻停擺，一樣無食可餵。

既然無法餵魚，餵人總可以，於是到劇院下方的「戲台咖」吃點心、喝咖啡。海蒂點了維也納牛奶麵包，阿嬤點了莫札瑞拉乳酪球佐鮪魚沙拉三明治、精靈一號手沖咖啡，付帳過後，海蒂瞥見有瓶裝柳橙汁，說口渴，阿公又補買了瓶果汁。

下午茶上桌，阿公將柳橙汁分裝在兩個兒童杯裡。姊姊喝一口，皺眉直呼好嗆，阿嬤拿過瓶子一看，原來是氣泡柳丁汁。姊姊點了不敢喝的果汁，沒說話，也不敢要求再買。

阿嬤問怎麼辦？諾諾說：「我還沒喝。」意思是，這不干她的事。阿嬤敦促她喝喝看，她只好喝一口，跟姊姊一樣皺了眉頭。

阿嬤說：「阿嬤想到一個方法，看誰願意去試試？」姊姊問：「什麼辦法？」阿嬤說：「如果你們可以忍耐，就回家後再喝水；如果你們實在口渴，就自己去跟櫃檯阿姨商量，說你們點錯了飲料，不敢喝，可不可以給你們一杯開水？」

姊姊沉默不語，似乎傾向忍耐；妹妹直接拒絕，反正她沒損失。

阿嬤覺得適度地要求不算過分，利誘她們試著進行協商：「我們點錯飲料，很嗆，不敢喝，阿姨能不能給我們一杯開水？」看誰敢？回家途中可獲獎賞去7-11扭蛋一次。

姊姊猶豫一下，隨即表示願意去試試看；諾諾跟進。

兩個小小身影拿著杯子去換水，在櫃檯前跟阿姨細說分明。阿姨很nice，欣然同意各給一杯溫水，並且擺在托盤上送她們回來，阿嬤趕緊跑上前迎接致謝，多謝她們輔助教育孩童。

阿嬤嘉許她們的勇氣，並恭喜她們成功協商。姊姊說：「阿嬤說過了，沒做過的事，要試試看，才知道行不行。」

阿嬤問：「原先不敢，後來做了，是扭蛋的鼓勵嗎？」姊姊說：「不是，是想起阿嬤說過的話。」

「那諾諾呢？諾諾是為了可以扭蛋才答應的吧？」諾諾害羞點頭稱是。阿嬤說：「為了扭蛋才去也是不錯的，但以後沒有扭蛋是不是也敢去呢？」兩個娃兒都驕傲地說：「沒有扭蛋也敢去了。」

阿嬤忽然想起二姝的爸拔像姊姊一樣年紀時，曾經去巷口雜貨鋪買了十顆酸梅，被我痛斥。「去退錢。」我知他已吃了一粒，故意給他出難題。他毫無窒礙，跑去小鋪跟阿姨說：「我媽讓我來退錢，因為我才因肚子痛看完醫生；但我已經吃了一粒，怎麼辦？」他把問題拋給小鋪阿姨，把反悔推給媽媽，成功取回十元。

相較之下，她的女兒是比較聰明？還是比較膽小？

延伸思考

什麼事都幫孩子解決或背負的家長，將永遠無法自泥沼中脫身。當孩子的抉擇發生問題，要嘛自我承擔，嚥下失敗的苦果；要嘛設法降低損失，設法協商補救，後者當然是比較積極樂觀的做法。協商也許成功，也可能失敗，需要的是膽識。鼓勵孩子鼓起勇氣去協商，凡事起頭難，但只要成功一次，越過門檻，以後就應付裕如了。

給阿嬤加冕

一日，倉促南下參與座談，前一晚，把該穿戴的衣物都完備思索了一番，覺得萬無一失了。

次日，上到高鐵才發現百密多疏，原本為單調的暗色洋裝準備的別針忘了別上；為抵擋高鐵的冷氣所設想的披肩也忘在沙發把手上，原本用衛生紙包裹著的牙線棒被當作廢物跟衛生紙一起丟掉。

回程時，搭陳憲仁教授的便車到高鐵，聊天時，跟陳教授招認忘性比記性好。陳教授笑說：「沒關係，重要的是回家的時候，沒有留東西在會議桌上就行。」阿嬤笑著額手稱慶。

誰知到了高鐵，找遠視眼鏡遙看班次時，立刻發現百般護持的眼鏡竟然不翼而飛。只好趕緊打電話給主辦單位協尋，簡直給人添麻煩。

晚上，到兒子的「行冊」慶祝即將到來的結婚四十週年慶，也幫兒子慶生，兩喜一併舉行（剛好是同一天），座中懊惱招認糊塗的犯行。餐後，小孫女跟我們一起先回家，海蒂順手拿了餐桌上的一撮小白花，上車後，她說：「糟糕，忘了放回桌上了。」

阿嬤說：「沒關係，你媽媽丟了這麼朵小白花沒關係。」說完順便問：「丟了什麼東西不行？」海蒂機靈，立刻想起阿嬤的眼鏡。

阿嬤問：「為什麼丟了花比較沒關係，丟了眼鏡就不行？」海蒂先說是眼鏡比較大，花比較小，阿嬤讓她再想想，她立刻說：「沒有眼鏡，阿嬤就不能看電視或看路標。」

阿嬤稱讚她，並告訴她，如果是新娘的捧花不見了，問題也不小。接著問：「阿嬤的眼鏡掉了，該怎麼辦？」海蒂心思細膩，超乎想像，她面面俱到回答：「如果掉了東西，先要想想去過哪些地方，打電話去那些地方請人幫忙找找看。」頓了頓，又說：「如果他們沒找到，你就要循原路自己去找一遍。」

坐在車上的阿公、姑姑都不由得給她拍手，連司機都從後照鏡裡笑咪咪看她，阿嬤也拍手稱讚她聰明。正好車子開到家門口，下車後，她握起阿嬤的手高興地說：「阿嬤，我覺得好驕傲。」

阿嬤說：「是啊，你真聰明。」海蒂回說：「我很驕傲不是說我聰明，是驕傲我有個很會問問題的阿嬤……」

阿嬤被小孫女加冕，簡直不知所措，海蒂又加了一句：「而且我阿嬤是老師。」

延伸思考

提出問題讓孩子尋找答案，不管答案是否周全，都是一種動腦的練習。平常多動腦，培養出從更寬廣的角度觀察、詮解的能力，一旦困難來時，就能使用練習出的多元思維來解套，不至於驚慌失措，成功率必高。

按「提示」！

昨晚飯後，阿嬤在電腦上打「寶石迷陣遊戲」。諾諾在神不知鬼不覺間上到阿嬤膝上同樂，不停地問阿嬤：「遇到困難了嗎？要不要用『提示』。」熱心得不得了。阿嬤打電動遊戲，從來不研究規矩技巧，總是一直亂打，直到自然死亡，才又換一局。

自從諾諾跟海蒂開始在旁邊囉哩囉嗦問東問西：「這條線跑來跑去的是在幹什麼？」「這個字寫的是什麼？」阿嬤才發現上方有條線，如果跑到終點就是顯示遊戲即將結束；另外，旁邊有「提示」兩字，原來遇到困難時可以按「提示」請求協助，常常能因此死裡逃生。所以，諾諾常一旁高喊：「按『提示』！按『提示』！」

海蒂看到阿嬤的相機躺在一旁，又拿著開始錄影起來。她把鏡頭對準阿嬤跟妹妹說：「現在，我阿嬤跟妹妹正在玩電動遊戲，妹妹要不要跟大家打一下招呼？」

阿嬤覺得不好意思，趕緊跟小孫女更正：「你要跟觀眾說阿嬤是因為感冒，才來打電動玩具休息。」海蒂稍愣了一下，隨即順從地轉播：「我阿嬤是因為感冒，才來打電動玩具休息。」然後，不以為然地拿著錄影機說：「那我們出去客廳了。」

諾諾跳下阿嬤的膝蓋，跟著姊姊走，她還指導姊姊跟前晚一樣：「照一下這張照片吧。」然後學姊姊介紹：「這是我阿嬤、阿公，還有我爸爸。」

沒兩下子，姊姊收拾了相機，忽然很氣憤地跑進書房，跟阿嬤說：「阿嬤，請你以後別再說這種話了！」阿嬤問：「別再說什麼？」海蒂大聲說：「說你只是感冒才來打電動遊戲這種謊話了。」

阿嬤強辯：「阿嬤確實是感冒了，精神不好，又剛吃過飯才來打一下電動遊戲的啊。」海蒂緊咬阿嬤：「你明明沒有感冒也常打電動遊戲啊！」

是的，阿嬤赧然招認，為了粉飾太平、維護形象是說了謊話，確實是不好的示範，以後不敢了。但也不服氣地回小孫女：「既然不喜歡阿嬤說謊，就應該反駁，幹嘛還跟著說謊，你也要改進。」

海蒂一時沒料到被反將一軍，訕訕然離開。一旁的諾諾又跳上阿嬤的膝上，看著電腦自動跳動，遊戲即將告終，緊張地提醒阿嬤：「阿嬤，現在你需要按『提示』對不對？」

延伸思考

相較於大人，小孩往往善惡分明，嫉惡如仇。大人的虛假或造作甚至只是短暫地從權，在孩子面前都無所遁形。如何保持如嬰兒般的赤子之心，是大人可以轉頭向孩童取經的地方。

幸運地擁有了信實的依靠

去接海蒂下課後，用手機搜尋直達家裡的公車。一個多鐘頭才發一班的公車，居然剩下八分鐘就要進到最靠近學校的候車亭。

我問海蒂：「跑步衝去搭公車，行嗎？」海蒂堅決地肯定：「沒問題。」於是嬤孫兩人拔腿狂奔。氣喘吁吁到達站牌下時，電子看板顯示還有四分鐘。

海蒂說：「早知道不用跑，白白跑了。」最近她喜歡用「白白」造句，上回為了照畢業照，早上準時到校，沒想到照相時間挪到下午，她竟然說：「『白白』沒有遲到。」彷彿遲到是一種福利。

上學期去接海蒂的時間早，這學期，為了配合阿嬤的作息，我們讓她挪晚了兩個鐘頭離開學校。這線的公車是小車，走道窄窄的，每站的距離都很短，我老怕司機過站不停，所以，常一路警戒著。

天色暗得快，快到站時，我起身刷卡，刷卡機模模糊糊地，竟然屢刷屢敗，一逕安安靜靜，沒有聲音顯示。我急了，想到也許卡片被消磁或出了什麼差錯，我身上並沒有帶零錢，真糟糕。

這時，海蒂端然站起身，小聲提醒阿嬤：「阿嬤，下面，下面啦！」原來我的卡片放在上方的顯示板上，放錯地方了。我趕緊換到下方的正確刷卡位置上，終於安然過關。

下車後，阿嬤好感動。孫女長大了，已經可以開始指導阿嬤。在紅磚人行道上，阿嬤跟她深深一鞠躬，感謝海蒂及時伸出援手，順便拜託她：「海蒂一直一直長大，阿嬤勢必一天一天衰老。阿嬤以後就要拜託海蒂了！走不動的時候，幫忙扶一下；糊塗的時候，偷偷提醒一下。」

海蒂歡快回答：「沒問題。」

阿嬤的晚年，幸運地擁有了信實的依靠。

延伸思考

大人逐漸向衰病傾頹，小孩逐漸向青春邁進。人生像四季，春華、夏豔、秋聲、冬容，對生活的適應或掌握力道，勢必逐漸長幼易位。我們若期待「老有所終」，先得好好營造「幼有所養」的環境。這個「養」字，除了餵飽她們的口腹之外，更重要的是，人格的調養，大人需常常反躬自省——我們有教養出好孩子了嗎？

馬戲團的阿公跟阿嬤

諾諾每次吃柳丁，總是要阿嬤幫她把籽兒挑掉，把一片片柳丁上方橫著的粗纖維咬掉。今午，又請阿嬤幫忙。

阿嬤邊處理邊說：「諾諾太幸運了，阿嬤都幫你挑籽兒。阿嬤以前吃柳丁，都是阿公先幫忙挑好籽。阿公幫阿嬤，阿嬤幫諾諾。諾諾是最大贏家。」諾諾露出勝利的微笑。

阿嬤有感而發：「被愛的人最幸福，愛人的人最苦。阿嬤辛苦幫你挑籽，阿公幫阿嬤。說起來最苦的是阿公。」諾諾不以為然，反駁：「阿公才不苦，阿公很高興的。」

「那你的意思是阿嬤也不苦，阿嬤也很高興幫你掏籽兒。」諾很有信心地說：「是啊。」

一會兒，阿公遞了杯玫瑰花茶進到書房，阿嬤邊喝邊在電腦上製作演講ＰＰＴ檔，忽然想不起下午喝過咖啡沒。「阿公，我下午的咖啡喝了沒？」阿公沒回答，阿嬤猜測他進去裡屋。

問諾諾：「諾，阿嬤下午喝了咖啡沒？」諾朗聲回說：「阿嬤喝過了。」停了一下，回問：「阿嬤問這個要做什麼？」阿嬤覺得她實在長得太快了，問話老氣橫秋的。

過一會兒，阿嬤拿了喝完的玫瑰花茶去沖第二回合，發現熱水瓶前端坐著一杯涼掉的花茶。阿公走過旁邊，看到那杯茶，笑起來說：「我自己沖的茶都忘了喝了。」

諾諾一旁笑著說：「阿公像馬戲團的。」

阿嬤問：「什麼馬戲團的？」

諾說：「阿公忘記喝自己沖的茶，真的很好笑。就很像馬戲團的人跟動物啊。」哪裡像？「馬戲團的人就是要讓大家發笑的，阿公忘記喝茶就很好笑啊！」阿嬤不由得跟著笑起來。

諾看阿嬤笑得猖狂，說：「其實，阿嬤也是馬戲團的，因為阿嬤剛剛也忘了自己有沒有喝咖啡。」

延伸思考

周延的邏輯和豐富的語彙，是使語言深具魅力的因素。四歲的諾諾正在邏輯上開始摸索，她把阿公跟阿嬤的健忘，比喻成馬戲團的取悅觀眾，是險險地走在「好笑」與「有趣」的邏輯邊緣，嚴格說起來，是不甚準確的。剛上路的她需要經過更細緻的學習與體會，運用語彙時才能曲盡其中的神髓。但有了起步，就慢慢會有長進，我們正拭目以待。

海蒂的新獨立運動宣言

有回準備回台中時，阿嬤問姊妹倆要不要跟？海蒂飛快回答她要跟著一起回台中，妹妹也隨即附和：「我也要去台中。」

沒料到妹妹一講完，姊姊馬上說：「那你回去台中吧，我不回去了，我要留在家裡跟媽媽。」

諾諾也馬上跟進：「那我也要留在台北陪媽媽。」

姊姊不開心，說：「你不要學我啦！每次都這樣。」

妹妹說：「人家想跟姊姊在一起嘛！」

姊姊好煩：「我想單獨跟媽媽在一起啊！」

阿嬤說：「既然想單獨跟媽媽在一起，那你剛剛還說要跟阿嬤回去！」

姊姊苦惱地回答：「我也想跟阿嬤單獨在一起啊！我都不能單獨跟阿嬤或媽媽

在一起，諾諾好煩。」

我忽然想起，每次阿嬤去學校接姊姊時，只要妹妹醒著，她都希望能跟著去接姊姊。一路上好興奮，總是預告一看到姊姊，就要給姊姊一個大大的擁抱。進到學校，遠遠看到姊姊，立刻衝上前去抱海蒂。海蒂往往很冷淡地虛應故事，似乎並不十分歡喜。當時，我以為海蒂害羞，不習慣在眾人面前跟妹妹親熱，看來並非如此。

另有一次，姑姑許諾她，等她洗過澡後，要跟她一起進姑姑房內偷偷做送給阿嬤的生日禮物。沒料到妹妹也興奮莫名，先洗過澡後就纏著姑姑也要進去姑姑房裡製作禮物。

姊姊洗過澡後出來，發現妹妹已經先聲奪人進到姑姑房裡，頓覺繁華散盡，傷心大哭，怎麼也停不住。

冷靜過後，她跟姑姑說：「我都沒有機會跟你單獨相處，我想跟你一個人做禮物，不要妹妹參加。」當她這麼說的時候，阿嬤也想起單獨去接姊姊時，姊姊彷彿特別快樂，她在巴士上總是很開心地跟阿嬤分享學校的活動，展示完成的勞作作品，靠在阿嬤的身上說：「我喜歡阿嬤來接我。」「我好愛在車上跟阿嬤聊天。」

喜歡單獨跟媽媽一起、喜歡單獨跟阿嬤一起、想要單獨跟姑姑一起、想要單獨跟阿公一起……這行為釋放出的訊息值得注意。海蒂甚至很清楚說明：「我愛妹妹，但是不喜歡她常常學我，我有時候真的很想單獨一個人或單獨跟阿嬤在一起。」

這則海蒂的新獨立運動宣言，是具體反映了什麼樣的訊息？家人的偏心？姊姊的占有慾？還是姊妹勢力拮抗的必然定則？

海蒂是長大了，需要屬於自己的天空？還是只是純然爭寵？

延伸思考

從妹妹開始會說話、會撒嬌後，一向較為務實的姊姊海蒂似乎就開始展開防禦機制，也許是爭寵的意念，或許也是獨立的需求，讓她企圖甩開愛撒嬌妹妹的黏纏，渴慕單獨和大人進行一對一的對話。將心比心，老被一位甩不開的妹妹像跟屁蟲一樣尾隨，是不是也會有呼吸困難的時候？何況，海蒂一出生，可是三千寵愛集一身的，對入侵者的防備，應該也是正常的吧。這樣一想，便不至於責備姊姊自私，反倒會對姊姊產生同情的理解。

阿公不好玩

為了給小孫女的媽媽慶生，小姑姑領著小孫女製作禮物。

沒多久，三人垂頭喪氣，進到書房來。

正在書房工作的阿嬤問發生了何事？兩個小的低頭沒說話，小姑姑代答：「姊姊跟我正忙著籌畫，站上沙發的諾興奮地旋開金粉蓋子，不小心失手打翻，整瓶金粉從天而降，搞得客廳一塌糊塗，阿公生氣了。」

阿嬤驚呼：「那不是太壯觀，太美麗了。我們去玩金粉吧。一整罐？太驚人了。」一說著，就作勢要衝出去。

姊姊說：「沒有了，阿公都清掃完了。」阿嬤飲恨，既然整罐都飛出來了，事已至此，怎麼不好好利用剩餘價值，光掃掉真是好可惜，應該趁勢瘋狂一下嘛！塗些金粉在臉上、衣服上、頭髮上或簿子裡，不然牆上也很好。

諾也興奮起來，湊過她的左邊臉頰給阿嬤端詳。悄悄跟阿嬤說：「幸好我的這邊跟頭髮上還留了一些，阿嬤你看。」

阿嬤仔細撥開頭髮，臉頰、額頭及髮上果然還有些亮晶晶的金粉，好可愛。

阿嬤問：「你們沒有建議阿公可以把不小心灑出來的金粉拿來塗臉，或灑在衣服上？」兩個小傢伙異口同聲說阿公不會答應的。

那誰會答應呢？又是異口同聲：阿嬤。

我終於明白，兩個小傢伙成天纏著說：「阿嬤陪我們玩。」卻從不會去纏阿公的原因了，阿公太不好玩了。

延伸思考

佛洛伊德說得好：「最幽默的人，是最能適應的人。」面對尖銳問題或尷尬場面時，以幽默或有趣的方式應對，往往能化解緊張對立的氣氛。它是機敏的臨場應對，蘊含高雅、雋永的情趣。雖然，一般以為這種能力得之自然者多，得之學問者淺，未必人人都具備，但是，相信絕對可以藉由耳濡目染、觸類旁通來培養。

尋找父親節禮物

小孫女跟小姑姑一起製作慶賀父親節卡片。

姊姊海蒂畫思泉湧，一下子畫了三張。有的給爸爸，有的給阿公跟爸爸一起看。

小姑姑童心未泯，畫了藏寶圖，讓阿公去找她製作的卡片；海蒂也效法，也畫了迷宮。

結果海蒂的爸拔回來吃了蛋糕後，開始尋找藏起來的禮物。找來找去，不得要領。

請海蒂提示形狀和顏色。「有藍色、黃色和白色各一張。」

第一張黃色捲著並打著蝴蝶結的，率先被爸拔找到，畫的是阿公和爸拔。

第二、第三張費了些功夫，大家先問海蒂地點在客廳還是書房？海蒂說她忘了。

忘了！這麼快就忘了？可以比美阿嬤的忘功了。

那麼，請問是平面還是捲筒？

「有平面也有捲筒。」

蝦密！

「你有墊椅子藏東西嗎？」

「沒有。」那好，往低處找。

爸拔沒耐心也沒辦法，開始求救，於是全家總動員。

「到底有多大？」阿嬤問。

海蒂用手比了一下，爸拔大喊：「找到了藍色的。」

「還有一張白色的。」海蒂說。

諾諾建議拿姊姊的迷宮來看看，也許可以知道藏在哪裡。大家研究了半天，不得要領，開始意興闌珊。

阿嬤為了解決困境，敷衍她：「阿嬤晚上繼續找，一定可以找到，你們現在先回去，爸拔、媽媽都累死了。」

於是，爸拔搖醒累倒在沙發上的媽媽，阿嬤回書房繼續打字，阿公在廚房內收拾碗盤，姑姑幫著清除桌面狼藉的杯盤。

海蒂踱到書房，跟阿嬤說：「其實白色的最重要，我自己覺得畫得最好捏！」

阿嬤一聽，即刻又振作起來，出到房外宣布：「白色那張海蒂認為最重要，我們要不要再努力一下？」

諾諾率先響應，全家開始又動員起來。客廳已經找到兩張，阿嬤判斷第三張也許會藏在書房。找啊找的，竟然真的在書房的大筆筒內找到。

「找到了，萬歲！」阿嬤這一聲堪稱石破天驚，舉家額手稱慶。

父親節的預祝趴終告結束，大家都累翻了。

延伸思考

孩子費心製作禮物，卻因一時疏忽導致情況失控，甚至連自己都忘記藏在何處。大人從工作場域中歸來，湊趣尋找卻因疲累過度，不得已喊卡。海蒂表達失落，阿嬤將心比心，不捨孫女心意似水流，再度號召，重振找尋，父親節大戲終告圓滿落幕。

文中展示的是三代人相互疼惜的周折。當日，爸拔感謝海蒂送禮物的深情；次日，海蒂來謝阿嬤沒有放棄的堅持，阿嬤則含著歡喜的眼淚笑看這一切家人相互靠近的練習。

雖然血型不一樣

閒聊時，諾忽然問阿嬤：「阿嬤知道我的血型是什麼嗎？」

阿嬤說：「知道啊，是A型。」

諾又問：「那你知道姊姊是什麼血型嗎？」

「知道啊！姊姊是O型。」

諾很仔細地補充：「我的血型跟阿嬤和爸拔一樣；姊姊的跟媽媽和阿公一樣。」

然後她非常煩惱說：「怎麼辦？我的愛人（指阿公）跟我不一樣的血型哎！」

阿嬤安慰她：「沒關係，血型不一樣也可以當愛人。你爸跟你媽的血型不一樣，也可以成為愛人。阿公雖然血型跟你不一樣，也還是可以是你的愛人。」

諾諾很開心地回答：「阿公還是可以是我的愛人，何況，我還有跟我一樣血型的阿嬤，也是我的愛人。」

延伸思考

血型、相貌、脾氣都不能定義「愛」，它只能定義「家庭」，但家庭若缺少了愛，也會兄弟鬩牆、父子反目；甚至形同陌路也是時有所聞。所以，不怕血型不一樣，該怕的是家人不同心。

維持熱切投入生活的初心

1 小娃兒分攤家務

一早，阿公拿著購菜單帶著姊姊海蒂一起上市場買菜；阿嬤也意外地早起，將買回來的菜，趕緊料理了，熱騰騰地裝了便當進保溫袋裡。一切就緒，阿嬤、姑姑帶著兩姊妹，輾轉搭車到長庚醫院探望阿嬤的三姊。

車程中，姊姊問為什麼要帶兩個便當？阿嬤解釋，姨婆是阿嬤的姊姊，她生病了，吃不下飯。阿嬤希望做一些姨婆喜歡吃的菜，引起她的食慾。看看能不能幫助她多吃飯，趕快好起來；另一個便當給照顧的阿姨，她很辛苦的。

為了讓海蒂更明白，阿嬤將心比心舉例：「如果妹妹生病了，你是不是會很著急、難過，想辦法讓她開心？阿嬤想不出其他讓我姊姊開心的事，只想到讓姨婆吃她以前最喜歡吃的菜，這些都是小時候我們的媽媽最拿手的菜喔。」

海蒂若有所思，想了一會兒，跟阿嬤很誠懇地說：「以後我長大了，也會想吃阿嬤做的菜。我最喜歡吃阿嬤做的菜了。」接著，又很諂媚地加了句：「阿嬤，你真的很會做菜捏。」

傍晚，阿嬤起身說：「我得來做晚飯了。」兩個小朋友立刻應聲起身：「我們來幫忙。」阿嬤從冰箱取出一把空心菜，一把青江菜；兩個小人兒各拉一把椅子到水槽邊，說：「讓我們幫你洗菜吧。」阿嬤只好開始教她們如何揀菜。先淘汰黃葉跟略被凍傷的透明菜葉；然後，幫她們削掉青江菜頭，教她們洗葉子的方法。兩人好認真，洗得好乾淨。阿嬤稱讚她們是好幫手。

爸拔來接跟阿嬤、阿公、姑姑從前日混到昨天的小朋友，說要帶她們去吃好吃的餃子。小朋友異口同聲拒絕：「我們要留在阿嬤家吃晚飯，阿嬤最會做菜。」爸拔立刻從善如流。（真的如流，快到好像是預謀，不然就是套招。）

晚餐時間到，媳婦也打電話過來扭扭捏捏假裝打探丈夫和女兒行蹤，就這樣全家吃了團圓飯。（啊！啊！還嫌好吃的紅燒肉不夠吃，意猶未盡。天啊，原本三人食物要供給七人吃欸！）

阿嬤特別在飯桌上公然嘉勉二姝：「今天有乾淨的青菜吃，都是海蒂和諾諾的功勞，青菜都是她們洗的。」二姝好得意，阿嬤也好高興。

2 學以致用的履踐

早上難得早起，跟阿公去東門市場買菜。十點到十二點間看了一部電影。下午，專心陪諾諾遊戲，還睡了個小午覺；傍晚洗手作羹湯，真是一整個神清氣爽。

海蒂下課由阿公和諾諾去接回的半路上，在公園裡，二姝跑了幾圈後回家。一向勤快的二姝，聽說阿嬤要做飯了，立即響應。阿嬤分派摘芹菜葉的工作給海蒂，海蒂像中盤商一樣，往下分派諾諾負責將她摘好的菜送到水槽邊；接著兩人各搬了椅子到水槽爭著洗菜。

洗完菜，海蒂將椅子移到白板前，問阿嬤要做什麼菜。阿嬤邊說，她邊用注音符號記下。雖有小錯誤及語焉不詳處，但大體還能看出內容。第一道菜的名稱，諾

諾每夾起來吃時都笑說：「阿嬤，我在吃我自己。」（兩姊妹姓蔡）

阿嬤很激賞海蒂學以致用，她剛學過注音符號，立刻用學來的本事說故事書給諾諾聽；用注音符號傳情達意：「請阿嬤跟我玩遊戲」、「希望姑姑早點下班」的心願；如今又開始幫阿嬤記菜單，下次阿嬤要教她如何排列次序。

阿嬤好希望她們能持續維持熱切投入生活的初心，尤其是熱心服務這項。到目前為止，她們還很願意投入幫忙家人，阿嬤一說：我的眼鏡呢？她們幾乎馬上動員起來找；阿嬤起身去做飯，她們也立刻丟下玩具，陪著阿嬤到廚房，問：「今天我可以幫什麼忙？」揀菜、擦桌、稱讚菜做得好吃；阿嬤只要出門或回家，一打開大門，海蒂或諾諾一定爭相彎下身幫阿嬤繫上或解開皮鞋上的魔鬼沾黏帶……一直都樂此不疲，感覺她們的生活興味盎然。

延伸思考

孩童自幼分擔家務，如何維持他們高度的熱誠而不厭倦，端賴誠心的讚美。甚至從現實故事裡，讓他們明瞭飲食不止於果腹，它另有分享與維繫親情的意義。而學習原本就是為了讓生活更容易，所以，學以致用是最有意義、最淋漓盡致的學習，因為即學即用，也許一開始無法達到百分百的精確，但藉由每次的實踐，將犯錯之處修正，所學因此便能深化進核心，足以仰賴一輩子。

搭車探病兼學地理

再度到中壢去探望生病的三姊，這回帶上兩位小孫女及休假的女兒。三姊仍舊很虛弱，海蒂大方上前祝福姨婆早日恢復健康，諾諾出聲叫了姨婆，接著沉默不語。

回程的信義幹線司機穿了聖誕老公公的衣服，下車時，海蒂刷悠遊卡時大方跟司機先生說：「聖誕快樂。」諾諾事先就偷偷跟阿嬤說：「這位司機伯伯不是真的聖誕老公公。」她在姊姊身邊站著，忸怩著，沒跟姊姊一樣獻上祝福。紅燈暫停時，司機很開心，從左側掏出兩包餅乾送給二姝，海蒂大方稱謝，諾諾不肯接受，應該是基於無功不受祿概念（阿嬤代領）。

下車後，走在回家的路上，阿嬤跟大家說：「諾諾還小，應該是害羞，不敢祝福姨婆和司機伯伯，所以沒關係。等她上了幼兒園，她應該會變得勇敢，就會大大方方說出祝福的話來，是不是？小諾。」小諾點頭稱是，阿嬤把手上捏著的那包餅乾送給她，她還是客氣推拒。姊姊說：「我幫她拿著吧。」

在從中壢北上的區間車裡，阿嬤跟兩個小朋友小聲複習今日行程，除了第一題外，所有過程二姝都搶答成功，而且正確無誤。唯一錯誤的一題，事後拿去考阿公，阿公也沒答對。

題目是：今天去中壢的行程，最先搭乘的交通工具是什麼？海蒂搶答：「像公車一樣的遊覽車。」諾諾說：「公車。」阿公說：「國光號。」三人的答案雖然名稱不同，其實指涉一致，阿嬤呵呵笑著揭曉正確答案：「爸拔的車子。」是爸拔開車送我們去車站的，他們三人都忘了。

所謂的行程是：由家裡出發——搭爸拔的車子到哪裡下車？「火車站」——到北站搭什麼車？「搭國光號」——到哪裡？「中壢」——下車後到哪裡？做什麼？「到醫院、看姨婆」——再搭什麼車？「公車」——到哪裡？「中壢火車站」——搭火車去哪裡？「桃園」——從桃園車站下車到哪裡？「百貨公司」——做什麼？「吃火鍋」——接著去那裡做什麼？「到樓下，玩五十元的投球遊樂設施」——從百貨公司出來去哪裡？「走路回桃園火車站」，接著搭區間車回台北。

除了爸拔載送去車站外，從頭到尾，全程搭乘公共交通工具，二妹搶答非常熱烈、利索。一路上海蒂帶著小冊子學阿公不停畫畫。

在火車行進中，海蒂不停發問，阿嬤亂答一通。譬如：

「為什麼叫『桃園』？」「應該是這地方種很多桃樹，桃花很漂亮。」

「為什麼叫『鶯歌』？」「可能是這地方有許多夜鶯來唱歌。」（後來經阿公糾正，是當地山脈斜坡有一顆如鸚大石，被稱為「鸚哥石」，後來就變成「鶯歌」。阿公好厲害。）

「為什麼叫『樹林』？」「大概是這地方種太多樹吧！」

座位牆壁上有一張集集的照片，諾諾指著集集兩字，問：「這兩個字寫什麼？」阿嬤說：「集集，是南投的一個地方。」「ㄐㄧˊ是哪一個ㄐㄧˊ？是著急的急嗎？」「不是，是收集的集。」我好怕她再繼續往下問，趕緊打岔混過去。（後來阿公說，可能是木材集中此處。）

……阿嬤後悔當初地理沒好好學，差點撐不住面子。

一趟探病兼郊遊活動，孩子還真長了些知識。

延伸思考

對地理的了解，我贊成所謂的「同心圓螺旋發展」，由家庭、學校、社區、鄉鎮、縣市……逐步外擴，先熟悉周遭的環境，行有餘力，再擴大範圍。讓孩子認識環境及到達所使用的交通工具及路線，是食、衣、住之外的「行」的功課，一趟尋常的探病，移動的方式，除了走路外，就包括私家車、公車、火車，經過的地點由台北到中壢，再繞回桃園，最後回到台北。小朋友一路問，雖然差點兒難倒阿嬤，但「教學相長」，多少也補充了阿嬤年少時沒學好的地理。

即使只是一塊梨

外頭大雨傾盆，既不能外出，祖孫閒來無事閒磕牙。

阿嬤幫小孫女綁辮子，邊綁邊跟小孫女說起小時候辮子被剪的往事：

「阿嬤小學快畢業的時候，有天跟坐在後排的同學聊天，同學忽然看著阿嬤的長辮子問：『能不能送我一小撮頭髮當紀念？』阿嬤說不行。接著鐘聲響，阿嬤轉頭上課。沒想到下課鐘響後，阿嬤回頭，竟然看到同學的鉛筆盒裡有一束長長的頭髮，同學用剪刀將阿嬤的頭髮從橡皮筋上方一刀剪斷。」這時，正綁著頭髮的姊姊海蒂倏地轉頭問：「剪斷了？」妹妹諾諾趕緊檢查自己頭上已經綁好的兩條辮子。

阿嬤繼續說：「老師走了，阿嬤一路哭著回家。遠遠看到路邊兩排鳳凰木上方開滿了紅花，一直紅到天上去，阿嬤的媽媽就倚在其中一棵樹下等我。阿嬤看到媽媽，撲過去大哭出聲。媽媽忽然把我一推，罵我：『一定是你隨便跟人家開玩笑，同學才會剪你的辮子。』阿嬤覺得好冤枉，哭得更大聲。哭著、哭著……阿嬤就長大了。」

諾諾露出納悶的表情問：「就長大成現在這樣高了？」

「是的。」阿嬤說。

海蒂同情地說：「阿嬤小時候好可憐。」

過沒多久，諾諾來找阿嬤玩遊戲。玩什麼遊戲好呢？諾諾建議：「就玩阿嬤小時候被偷剪辮子的遊戲。你假裝是小時候的阿嬤，我假裝是你的媽媽，姊姊是剪辮子的同學。」

阿嬤心想：「也好，也許是跟她們討論同理心的時候了。」

於是，兩個小朋友演過剪辮子的情節後，阿嬤飾演的小朋友在客廳走了兩圈假裝回家，看到諾諾飾演的媽媽後，撲過去哭訴。媽媽聽了，很生氣地說：「你不要哭，我去報警。」阿嬤和一旁觀劇的阿公愣住，怎麼改變了劇情？

姑姑回來了。諾諾又跟到書房來，要求再玩一次阿嬤小時候的故事。這回，她想扮演小時候的阿嬤。在教室裡，她拒絕同學剪一段頭髮留做紀念的要求；下課時發現辮子被剪，即刻立起身子。阿公一旁眨眼睛暗示她該哭了，諾不理，說：「我不哭，我已經是大女孩了。」

阿嬤示意她該繞兩圈走回家訴苦了，她也不肯。說：「我要先去告訴警察。」阿嬤大吃兩驚，這小妮子越演花樣越多。

小孩子總是不厭其煩一再扮演同樣的故事。沒多久，她又要求重演一回。諾還是決定飾演小時候的阿嬤。小時候的阿嬤發現頭髮被剪後，很凶悍地拿出鉛筆盒裡的剪刀，作勢往同學的頭髮剪去。阿嬤沒料到事情發展到失控狀況，嚇了一大跳，問她：「不行這樣吧！她剪你頭髮不對，你剪她頭髮不是也不對？」

諾強悍地辯稱：「她先剪我頭髮，我當然可以剪她頭髮！」

阿嬤頓時感覺自己追趕不上時代，難道一報還一報的時代真的來臨了嗎？

至於姊姊海蒂在意的是：辮子一邊長、一邊短怎麼辦？

阿嬤反問：「如果是你呢？」

她很阿Q地說：「我回家自己剪，把另一邊的辮子剪短，就一樣長了。」

一母所生，兩姊妹真的氣性大不同啊！阿嬤有點失落，原本還煩惱著如何引申將心比心，看來完全歪樓了，新時代自有新時代生猛的解套方式，不勞我們老人家費心了。

那天，晚上睡前的床邊故事，阿嬤唸了久遠以前寫的一篇〈壓扁的康乃馨〉，是寫二妹的爸拔小時候發生的事。大致內容是：

某天黃昏，我下班時略遲了些，以為兒子會在巷口等待，誰知竟然不見蹤跡。當時綁架案頻傳，我到處打電話給他的同學，急急下樓去找人，都沒找著。約莫一個鐘頭後，他忽然出現在門口。

我氣急敗壞，劈頭痛罵。原來他回家看我不在，進不了門，乾脆跟一位新朋友回家去了。我問他為何不打電話告知？原來我打電話找人時，他也打電話回來，卻都通話中；等我下樓找人，他打的電話又沒人接，就錯失了。

發現錯怪了，我一時拉不下臉道歉，虎著臉叫他先去洗澡、更衣；他卻抽抽噎噎在書包裡搜尋，最後摸出一朵已被壓扁的康乃馨，遞給我，哭著說：「早上拿錢去福利社買包子時，發現架上有美麗的康乃馨，我決定不買包子，改買康乃馨回家，提前給媽媽慶祝母親節。」講到這裡，忍不住委屈大哭：「嗚～嗚～我特地買康乃馨要送你，你卻罵我。」

沒等到我問姊姊聽完故事有何想法？姊姊就發表感言：「太誇張了吧！」我問什麼事誇張？姊姊說：「幹嘛上學不自己帶鑰匙去，爸拔好誇張。」

阿公從裡屋出來，也問什麼事好誇張？姊姊嗤之以鼻說：「為這麼小的事就哭，也很誇張啊！」

這番對她爸拔行為的評論，是我們三十餘年來從來沒想過的，不免對現今小孩的思維迥異於我們「古人」而訝異；而我原本計畫可能會討論到的：諸如要先問清楚才論斷的溝通模式或相互道歉的重要，都突然變得無稽。

比較有趣的是，熄燈就寢前，阿嬤跟諾諾撒嬌索吻，諾諾置之不理，故意惡作劇地躲進棉被裡。阿嬤佯裝傷心，揉著雙眼假哭。諾諾露出頭對阿嬤說：「為這麼小的事就哭，這樣很誇張捏！」小孩的模仿學習能力教人咋舌，完全是現學現賣。

我聯想起有一回帶著兩位小孫女去拜訪一位張爺爺。張爺爺的外籍看護切了一盤水果出來，裡頭有水梨和鳳梨。水梨只剩了一個，切成六塊，有點酸的鳳梨倒是有許多。身為客人的海蒂、諾諾、阿嬤、阿公都各吃了一塊梨；張爺爺也叉了一塊給張奶奶。多汁又香甜的梨子，非常好吃。

盒裡剩下許多鳳梨和一塊水梨。海蒂偷偷問阿嬤：「剩下的那一塊梨要給誰吃？」阿嬤說：「應該是張爺爺吧，他沒吃。」

海蒂又問：「那位削水果的姊姊呢？為什麼不給她吃？」她指的姊姊是二十六歲的外籍看護。阿嬤說：「因為張爺爺冰箱裡只剩了這一顆梨，切成六塊不夠分，姊姊吃別的。」海蒂有點疑惑，但阿嬤忙著跟大人說話，沒進一步說明。

回家的途中，海蒂繼續追問：「為什麼不給姊姊吃梨，要給張爺爺吃？他不是主人嗎？」阿嬤吃了一驚，才不到五歲的孩子會去注意吃東西時的分配，很不尋常。

阿嬤顧左右而言他，問：「那你注意到後來這塊梨誰吃了嗎？」小龍女搖頭。阿嬤釋疑：「張爺爺捨不得吃，連同幾塊鳳梨，請看護撥了一小盤拿到樓上給做功課的孫女吃了。……你知道為什麼嗎？」

諾諾搶答：「因為是孫女比較小。」阿嬤說：「這樣說也對。因為阿公疼孫女，就像你們的阿公疼你們姊妹倆，有好東西也都留給你們吃一樣。」

海蒂顯然仍對那塊水梨沒給就近在咫尺的看護姊姊吃，卻迢迢拿去樓上給孫女感到不解。阿嬤只好跟她解說：「印尼姊姊這些日子，從早上七點到晚上近七點都不能吃東西，因為是她們印尼的齋戒日。」

「這樣不是很餓嗎？為什麼要餓肚子啊？」

「沒辦法呀，伊斯蘭教教義就是這樣規定的。」

正開車的阿公也加入，說：「印尼的伊斯蘭教信徒，吃東西也跟我們不大相同，他們不吃豬肉，只要跟豬有關的東西都不吃，連豬骨頭熬的湯都不喝。就像有些台灣的農民不吃牛肉、佛教徒魚跟肉都不吃一樣。你外婆跟媽媽就不吃牛肉，是吧？」

阿嬤也舉例：「你有沒有注意，只要那位姊姊來我們家，阿嬤做芹菜肉絲這道菜時，在加入肉絲前，總先取出一些鍋裡炒好的芹菜放碟子裡，就是怕她不能吃，幫那位姊姊先預留沒加豬肉的。那位張爺爺家裡本來習慣用豬油炒菜的，自從印尼姊姊來了，也改用橄欖油或雞油。」

然後，阿嬤開始跟她說明那位姊姊拋下跟海蒂差不多大小的女兒，搭飛機來照顧張爺爺，很辛苦的。海蒂聽了覺得那位姊姊和她的女兒好可憐。阿嬤說：「所以，我們要對她好一點啊！」

「那怎麼不給她吃那塊梨啊？」海蒂還是惦記著那塊好吃的梨。

阿嬤吶吶地一再跟海蒂解釋：關係的親疏往往會產生待遇的差別；而無論如何難以啟齒的是：「不但如此，社會還普遍存在偏見；當只剩少數美味的食物時，身分地位低的，往往先被剔除品嚐的機會，即使只是一塊梨。」

延伸思考

時代真的很不一樣了。以前的教育講究順服，現在的教育強調思考。在民主氛圍裡成長的孩子，看起來勇敢也活潑許多，她們不再被制式思想箝制，有較多元的思考空間，我們欣見這樣的進步。雖然只是一塊梨，卻真是很暖心地記掛啊！

舒壓的切筍聲

諾進到廚房，靜靜站在料理桌前，仔細觀看阿嬤切菜。

阿嬤將肉、豆皮、木耳都切成絲狀；最後切到一枝阿公下水煮熟的筍子。

切第一刀時，發現節儉持家的阿公捨不得把老掉的部分切掉，刀子切下時，發出粗礪的沙聲。

阿嬤大刀闊斧捨去一些丟垃圾桶，跟諾解說：「這太老了，炒起來不好吃。」

阿嬤接著再細細將留下的較嫩部分先切片，一刀一刀。

諾諾忽然說：「阿嬤，這個切筍的聲音好舒壓喔，比剛才老老的聲音好聽。」

阿嬤常常錯估孩童的語言和感官領略，乍聽好訝異。五歲的孩童有壓要舒嗎？於是問：「什麼叫舒壓？」

諾想了一下說：「就是聽起來很舒服、很高興啊。」

切筍可以聽到舒壓、愉快的聲音，這應該是一門特殊的技藝吧！是阿嬤很會切？還是五歲半的孫女很會聽？

延伸思考

從家常的做菜裡，小朋友居然會去注意到刀子和筍子相互碰觸時所發出的聲音，甚至用言詞說出聽覺的不同感受，而且被深深療癒，真是令人不敢置信。五歲半的她，展示了她特殊的敏銳度，不管是聽覺或情緒的表達都頗令人驚喜。相信不同的小孩都有不同的資質，我立刻聯想到她平日確實展現了對音樂的熱愛，也許可以給她多點機會學習，在喜愛的領域裡學習通常事半功倍。

關鍵字：自動自發

晚餐時間，兩個稚齡的小孫女歡呼著到書房邀請阿嬤吃晚餐，說：「阿公做了好多好吃的菜，阿嬤要是不趕快過去，會被我們吃光光喔！」

餐桌上，大家評比最愛的一道菜跟最棒的一道菜；最愛是自己的主觀感受，最棒是經過客觀投票出來的。笑談後，阿公、阿嬤跟姑姑很快吃完飯，阿公離座去切水果，阿嬤和姑姑翹著二郎腿陪著孫女聊天。海蒂還繼續和碗裡的飯菜奮鬥中，諾諾筷子一放，說：「阿公做的菜真好吃，但我吃不下了；因為吃飯前，我吃了桌上點心盒裡的一個麵包。」

阿嬤驚訝地說：「遺傳真厲害啊！諾諾完全是爸爸的翻版。你爸爸小時候總是在黃昏回家時稱讚說：『媽媽今天做的菜好香啊！』等到阿嬤說：『那趕快去洗手吃飯』時，他又說：『可是，我吃不下。』這個遺傳基因太強大了。」

七歲的海蒂馬上問：「基因是什麼？」阿嬤簡單說明，就是孩子和爸拔、媽媽會長得像或性情接近的遺傳，可以用雙方身體的一部分，譬如爸拔的一根頭髮或口水，就可以檢查出你們是不是有血緣關係。

說到這裡，阿嬤忽然想起前些日子看到的一部電影《幸福黑白猜》，阿嬤就把這個故事說給她們聽：

一對白人夫妻忽然生出了一個黑寶寶，引起很多外人的議論，丈夫甚至開始懷疑是不是太太跟他公司裡最要好的一位黑人朋友偷情。經過追索後才知道，原來是女主角的媽媽，婚前跟一位黑人男友要好而且懷孕了，黑人男友卻因為種族歧視被警察錯殺了。懷孕的媽媽沒多久嫁給一位白人，生下了女主角。因長相跟白人無異，所以，一直以來都沒有人發現女主角原來有黑人血統。但因隔代遺傳，這位女士生下了黑人寶寶。

故事聽完，姊姊好奇：「種族歧視是怎麼一回事？」

阿嬤說，以前的美國，白人跟黑人是不平等的。白人看不起黑人，黑人往往淪為奴隸，要侍候白人，幫忙做所有的家事。

姊姊馬上看著正在水龍頭邊洗切水果的阿公，說：「那不是跟我們阿公一樣？阿公做飯又切水果，也是奴隸嗎？」

阿嬤差一點噴飯，啼笑皆非反駁：「奴隸是買賣來的，經常是在市場裡排成一排，讓白人端詳、選擇，看他們身材和長相，還要檢查他們的牙齒、讓他們秀出肌肉，像買賣貨物一樣。買回的奴隸不能跟主人一起吃飯，要恭身站在旁邊等候主人差遣；既不能跟主人坐一起，也要侍候主人吃飯、睡覺、做所有的家事或農務，沒有屬於自己的時間。」

阿嬤接著問二姝：「我們的阿公有這樣嗎？你們的阿公是從市場上買來的嗎？他不是比任何人都早睡；他坐客廳最舒適的椅子看書、看電視；他跟我們一起吃飯，不必站旁邊等候；而且阿嬤也不敢命令他做家事，阿嬤不也是常常煮飯、做家事啊。」

諾諾這時插嘴了：「阿公做家事都是『自動自發』的，是自願的，不是被命令的，不一樣。」

天啊！「自動自發」真是關鍵字，難為五歲多的孩子居然可以點出來，幫阿嬤解圍。

「那幫我們打掃的阿姨呢？」妹妹問。

姑姑趕緊幫忙解釋：「阿姨當然也不是奴隸，阿姨是用勞力賺錢，她晚上還會回家，我們都很尊敬她，跟她像朋友一樣客氣相處。有些奴隸是要住在主人的家裡，一輩子全天候待在主人家。」

阿嬤也補充：「阿姨其實跟阿嬤一樣，只是做的事不一樣而已。她幫我們打掃房間、擦玻璃，賺取清潔費；阿嬤幫報社寫稿子、應邀去學校演講，晚上常常很晚還不能睡，忙著準備第二天的演講稿，才能賺到稿費或演講費。」

姊姊問：「阿嬤剛才說美國以前是這樣，那現在呢？」

「現在沒有黑奴了。美國有一個叫林肯的總統覺得這樣不好，強調黑奴也應該享有自由，所以，就宣布解放黑奴，放他們回家，或者讓他們自己成立家庭；而且黑人也開始可以跟白人結婚生孩子，坐一樣的椅子，上相同的百貨公司，跟白人一起使用同一個廁所，也同樣有選舉權，甚至美國上一任的總統就是黑人。這都是一群又一群很聰明的人經過很長久的努力才爭取到的。」

剛剛遊戲中扮演皇后的姊姊，又立刻接著問：「那現在外國還有皇后跟公主嗎？」

「西方國家及日本都還有公主和皇后，你們先前不是在電視上看過日本天皇跟雅子妃即位的新聞？你們還記得英國的哈利王子娶太太，民眾歡喜爭看坐馬車繞城的新郎、新娘吧！」

兩位小朋友如釋重負，她們應該慶幸著故事裡的皇后、公主還活在人間，美夢依然可以存在。

飯後，姑姑在MOD上找出阿嬤說的《幸福黑白猜》裡的黑人小貝比，兩人同聲讚嘆：「好可愛喔！」是的，好可愛的貝比，無論他的膚色為何，小朋友就是天使般的存在。

延伸思考

阿嬤心裡想著：也許可以找個時間跟二妹說一說南非作家里查．賴夫（Richard Rive）寫的〈長椅〉了，讓二妹知道曾經有過那麼一個極度不平等的時代，「白人專用椅」的幾個大字，無情地公然宣示著某些人就是次等公民，生而不平等曾如此理直氣壯地存在過；或者也要嚴正告訴她們：最近選舉新聞好熱鬧，但台灣可不是一直以來就能用選票選總統的。好日子從來不是從天上掉下來的，我們如今能擁有民主自由是經過許許多多人的努力的！我們得好好珍惜、保護它。

這才叫「神力女超人」

姑姑超喜歡購買新潮的家庭用品，時不時就有宅配人員來按門鈴，讓我們見識了新時代女性的超強購買力。

前幾天回台中前，在台北就接到了宅配來的「伸縮水管」、「超強力磁吸雙面擦窗器」；昨天，在潭子又收到「三開蚊帳」一頂。

三開蚊帳的好處多多，原本我們在台北跟台中的家裡，都各有一頂，自從有了它，可以安心一覺到天亮，不會被蚊子騷擾。姑姑又為了小朋友多訂了一頂。「超強力磁吸雙面擦窗器」可以幫忙清潔居高處的窗玻璃，實用性強。伸縮水管的妙處則有待實作，才知高下。

昨晚，阿公從高鐵接回姑姑和二妹到潭子老家後，隨即展開架蚊帳的大工程。說明書的說明非常不明確，也失實，三個大人和兩個小孩腦力激盪和通力合作中，總算大功告成，姑姑和海蒂率先入住，非常滿意。

今早醒來，吃過早餐，姑姑和二妹興致勃勃拿出伸縮水管，展開實驗。

海蒂大驚小怪進來喚阿嬤：「超棒的唷，伸縮水管的水力很強，青苔很容易被沖洗乾淨喔！阿嬤請出來看一看吧。」

阿嬤、阿公看見小朋友套上不合身的薄長褲，怪模怪樣地清洗庭院，忍不住哈哈大笑。海蒂和諾諾輪流擔任刷地及沖水重任，沖水時，不時發出吼叫聲，配合吼聲還露出凶惡的表情，好像要殲滅惡魔一般，簡直就是神力女超人。

不知傍晚去參觀台灣燈會前，這個超強團隊是否還會實驗另一個「超強力磁吸雙面擦窗器」？我們拭目以待。

延伸思考

小朋友一向熱心幫忙做家事，沒料到這麼快就進階到需要大量勞力的活兒來；眼見七歲和五歲餘的孩童，興味盎然地一步步走進工具的使用與家務的分攤中，真是始料未及。時逢元宵節，在陽光璀璨的院子裡，阿嬤看著兩個小傢伙捲著褲管，賣力刷掉前院滋長的青苔，格外感受到新生命成長的快慰。

學會更衣、沐浴的全套獨立作業

姊姊進去洗澡，洗完正要出來，換阿公帶妹妹要進去洗。姊姊說：「我來幫妹妹洗吧！」阿公說：「你不是洗完要出來了。」姊說：「沒關係！……妹，姊幫你洗好嗎？」諾歡聲說：「好啊！」

阿嬤在書房裡打字，接續聽到兩人「藕斷絲連」的對話：「眼睛閉好喔！」「閉緊了。」「要不要用潤髮乳。」「好啊。」十分鐘後，浴室傳來海蒂的聲音：「阿公，我幫妹洗好了，外頭沒腳墊喔！」

阿公下樓倒垃圾去了。阿嬤從書房奔去，看到姊妹倆等在裡頭。姊說：「阿嬤，接著就換你了，請你幫忙檢查一下，有沒有泡泡沒洗乾淨的地方。我自己還要沖一下身體。」阿嬤大大誇獎姊姊能幹而且對妹妹這麼好。姊姊說：「妹妹也很棒，她已經會自己洗澡、吹頭髮，我只要幫她洗頭。」阿嬤說著，將分離乾溼的門拉上，妹妹提醒阿嬤：「阿嬤，你別全部關緊門，要留一點小縫，不然，姊姊等一下會拉不開門。」是齁！好細心的妞兒，那左右兩扇門是靠吸鐵吸住，一扣上，連我都常打不開。

接著，她們倆自己穿衣服、吹乾頭髮，兩支吹風機呼呼作響。阿嬤找到手機走到客廳，看到兩人各拿一支吹風機，正埋頭捲著吹風機的電線。捲好後，兩人在阿嬤面前飛過來、衝過去，長髮飄逸，笑著說：「阿嬤，你看，頭髮好柔順，我們有用潤髮乳喔！」阿嬤感動地要哭了。（為什麼一輩子這麼容易感動失控？）

小朋友的學習速度驚人！才過不了幾天，妹妹居然也不用姊姊幫忙了。黃昏，阿嬤聽到她從浴室裡傳出請求：「阿嬤，幫我拿一條小毛巾好嗎？」阿嬤從電腦桌前起身，進到浴室，打開用來區隔乾溼的磁鐵吸附門。一個小小的小人站在裡頭。胸部以下包覆著一條浴巾，頭髮溼溼的，還淌著水。

阿嬤以為她已洗好了身體和頭髮，問她是不是？諾回：「還沒洗好，我正在護髮。需要多一條毛巾。」

天啊！才五歲的小孩，自己洗澡、洗髮、吹乾頭髮、換好衣褲，已經讓阿嬤、阿公歎為觀止了，還護髮！阿嬤還不曾自己護髮咧！「好啦，那趕緊沖一沖水！出來吹乾頭髮。」阿嬤吩咐。「不行，還要等一下，護髮需要一些時間。你先去做事，好了我會叫阿嬤。」

名堂還真多。阿嬤虛掩玻璃吸附門，站在門外，看到毛玻璃裡一個小小人影，安安靜靜站著，等頭髮被潤澤。門內，持續安靜，沒有水聲，影子也沒移動。一個小人正等著頭上產生變化；阿嬤也靜靜站在門外觀察小孫女不動聲色地長大。直到水龍頭再度打開，水花噴到毛玻璃，瞬間出現美麗的圖案，阿嬤才悵悵然走出。

沒多久，小人兒又喊著，請阿嬤幫忙開門：「洗好了。」她包著浴巾，低著頭，用毛巾搓頭髮出來，取過吹風機將頭髮吹乾，一貫作業般，嫻熟得很。

接著，諾穿著整齊、梳好頭髮，很淡定地湊過來問阿嬤：「你摸摸看，我的頭髮是不是變得很柔順？」阿嬤聯想起前一天海蒂教阿公、阿嬤、姑姑包飯糰、教阿公做冰棒。

阿嬤錯覺她們已經十八歲了，不知為何，心裡忽然有點心酸。

延伸思考

兩位小朋友不是只對家務的參與感到興趣，她們對所有事物都充滿求知慾與實踐力。平日的衣著，從三歲就任由她們自己選擇搭配（顏色、種類、天氣），四歲幼兒園下課時，許多小朋友還仰賴媽媽幫忙收拾，她們已能自主處理，不需家人操心張羅；妹妹五歲前已學會自己洗澡、吹頭，由七歲的姊姊負責幫忙洗頭；妹妹五歲後，兩人都可全權處理，大人省心省事，小孩主動出擊，每隔一段時間，就驚訝她們又學會了新本事。

衛生和不衛生

孫女海蒂有很棒的衛生習慣，讓我激賞不已。譬如：她刷牙、洗臉、洗手都不馬虎，手指的隙縫也不放過。

其實，最讓人訝異的是，她上公共廁所時，一定在放下馬桶蓋後，抽一張衛生紙，放到消毒瓶下按出酒精，然後仔細擦拭馬桶蓋；擦拭過後，將衛生紙丟進垃圾桶，再坐上馬桶。（當我在說這件事時，阿公插嘴說：「我最驚訝的是她居然開始幫妹妹洗澡、洗頭髮，從此，我忽然就免除了這項勞役。」）

這件事常常讓我聯想起一位朋友：這個朋友有嚴重的潔癖及危機感。譬如：路邊攤絕對不能吃是一定的；過馬路的時候，一定要等綠燈亮了五秒鐘之後才敢走；搭車一定要坐在有把手可握的位置；訂旅館一定要求在太平門旁邊那間，否則寧可換旅館；甚至早上吃早點時，一定自備手套，去早餐店的爐子裡自取燒餅……他的相關毛病族繁不及備載，人盡皆知。
但這麼注意衛生的人，卻很容易生病，因為禁不住任何的一點不衛生，證明太潔癖的人常常與人不相容，這社會塵埃不少，得學會與它共存。
我希望海蒂長大後不必有這麼多的講究。

延伸思考

武漢疫情高漲的現在，海蒂的潔癖讓大人寬心不少，政府再三叮嚀的繁複洗手步驟，早在疫情蔓延前，她就身體力行了。大人比較擔心的是，生理的潔癖往往連結心理的潔癖，阿嬤要在心理上多加引導開解她放輕鬆，莫要變成道德魔人。

【輯二】

讀出太陽的心情

——帶領孩子浸淫文學藝術

蘇東坡說：「詩以奇趣為宗，反常合道為趣。」所謂「反常合道」，就是乍看「出人意外」，細審「入人意中」，這種不蹈襲前人思想的挑戰習慣領域精神，不只是文學藝術裡最寶貴的資產，也應該是教育裡很重要的涵養。

美，重要嗎？在未開發國家，人們謀生不易，自然談不上對美的積極追求。如今的台灣，業已邁入開發國家之林，卻因為考試領導教學之故，美術、音樂課常常被借去分解因式或趕升學進度，美育變成可有可無的一環，學生對美的鑑賞因之毫無概念。美，彷彿只存在於美術館或博物館中，生活裡極度缺乏美感經驗的結果是滿街毫無章法的建築、一路詭奇的男女打扮、一屋子華而不實的暴發戶行頭……

無論西方文藝理論中的「遊戲說」，或孔老夫子的「志道、據德、依仁、游藝」之說，都強調處於自由快樂的狀態，人性才易完滿實現，正所謂：「知之者不如好知者，好知者不如樂之者。」如何用深入淺出的方式，讓學習過程變得快樂，讓教學的內容符合時代需求，且能真正進到孩子們的心裡，讓學、思並行，進而達到舉一隅能以三隅反的效果，家長們可以多多相互切磋琢磨。

依我之見，想要達到讓孩童開心學習的目的，可能首先得從大人的心態改變上著手。家長該試著站到孩子的那一邊，蹲成跟孩子同樣的高度來看問題。一個人長大或成功以後，往往會忘記曾經的幼稚或痛苦，喜歡以現在的成熟來譏嘲晚輩的天真，不再能將心比心，老喜歡站到人家的對面，老氣橫秋地指導、教訓。其實，跟孩子互動應該是一種分享，無論是情感或知識。大人將他的所學，經過系統的處理後，和孩子一起討論。用的是孩子能懂的語言，教的是他能領會的情意，認真傾聽孩子的想法，由衷肯定他們的意見，引導他們思考問題……才能達到濡染的目標。因此，教學姿態上的謙遜及師生雙方心情上的愉悅，毋寧是其中重要的關鍵。詩人瘂弦傳誦一時的詩作〈如歌的行板〉一開頭便這麼說：「溫柔之必要，肯定之必要。」我以為非常適合拿來做為教育守則。因此，帶領孩子老老實實、從頭到尾閱讀一篇好文章、聽一場好音樂、看一次畫展，或陪他們說說故事，靜聽他們談談心得，給他們拍手鼓勵，讓孩子們享受跟父母一起分享的溫暖，絕對是生命中最美好的享受。

學會了同理心

入睡前，三歲時的海蒂自己挑選了繪本書《動物寶寶上幼兒園：小龍的放學時間》（親子天下）到臥房，她老里老氣說：「我們來看這本書吧。」

故事是：放學後，小朋友紛紛由爸媽或爺爺、奶奶接走，剩了小雞和小龍等在校門口。小雞著急得哭了，小龍譏笑她何必為小事哭泣。等到小雞也被媽媽接走，小龍一時之間，也慌張得大哭起來，直到父母相繼來到，這才理解小雞的心情，後悔不該取笑小雞。

這原本是引導孩童培養同理心的故事，能簡要地提醒孩童將心比心。但故事書的閱讀，須適時適地，才能發揮作用。海蒂離開自己家裡到阿嬤、阿公家過夜，本來就已經有些適應不良，這本書的內容強烈勾引她的思母情懷。

沒有事先做功課的阿嬤邊唸邊呼不妙，雖然在應海蒂之請朗讀第二遍時，機警地將故事中遲到的「爸拔媽麻」替換成「阿公阿嬤」，但一切都來不及了。第二遍接近尾聲，故事裡的小龍等不到媽媽大哭時，海蒂也無預警地呼天搶地大哭起來說：「我要找媽媽。」

幸好情緒來得急、去得快，在阿公機警救援下，海蒂的眼淚來不及泛濫成災，先就被轉移了注意力。次日，海蒂起床，沒忘了這件事，她把書本拿到沙發上翻閱，看到小龍淚水四溢那頁，撫著書上小龍的臉，溫柔地問：「小龍，你怎麼咧？姊姊讓小熊陪你吧！」然後，將她隨身帶著的寵物——黑呼呼的小熊，塞進書頁裡，然後，小心地闔上書。

小孩子的心腸真的很柔軟，不但對書裡的小龍充滿同情，對上了夜班回來的小姑姑也是一樣。中午時分，一早下班回家睡覺的小姑姑睡眼惺忪從臥房走出，海蒂睜大了眼睛喊：「姑姑回來了？」我告訴她：「小姑姑昨晚太陽公公下班後，輪到小姑姑去上班，她一整個晚上都沒睡覺哪！」海蒂心疼地說：「姑姑好辛苦！」然後，靠過去親了姑姑的臉頰，姑姑高興得瞬間忘了疲憊。

延伸思考

選讀故事時，大人最好能選擇已經看過的讀本，免得哪壺不開偏拿哪壺，陷入跟阿嬤同樣的窘境。但這本書的選讀或許也並非全然錯誤，它強調同理心的重要，不身歷其境，無法充分體會個中心情。故事裡，因為無法充分理解當事人的悲傷或徬徨，反而譏笑、嘲諷他人膽小；等到真正遭遇同樣的境遇，才能體會那種不安的情緒。海蒂在阿嬤講述故事時，應該體會更深吧。

女力的呈現

楊逵《鵝媽媽出嫁》（遠流）繪本書的主題在談「強權剝削」。小朋友和家人飼養的母鵝，因為被有錢有勢的人看中，被強迫分離，大人無奈、孩子感傷、母鵝寂寞蹲在新環境的角落；被奪走妻子的公鵝悲傷嚎叫，小鵝們失了母親，徬徨無助，連草都不吃了。

我以為對兩位小孫女而言有一點難，妹妹聽了一半跑了，姊姊聽完後，悵然許久，阿嬤問她聽後心得，她說：「這些鵝太可憐了。」講著，眼眶都紅了。

不過，她事後自己翻閱時，對文章中的一段提出質疑。文章一開頭，提到種花人家的園中，長了好多名叫「牛屯鬃」的草，爸爸跟哥哥弟弟三人合力使勁，費了好多功夫才拔起來，人也跟著倒下去，時常父子倒在一堆爬不起來。

姊姊指著圖中在一旁觀看的女孩問：「阿嬤，這個姊姊為什麼光在旁邊拍手，不去幫忙拔草？草不是很多都拔不完嗎？因為她是女生嗎？」阿嬤差點兒啞口無言。我反問海蒂：「如果你是那位姊姊呢？」姊姊很篤定地說：「我一定會一起去拔草啊。」

是的，阿嬤相信長期以來一直將「我來！我來！」掛在嘴邊的孩子，一定是不會袖手旁觀的。

延伸思考

「這個姊姊為什麼光在旁邊拍手，不去幫忙拔草？不是很多都拔不完嗎？因為她是女生嗎？」這話真是振聾發聵！女性只需在旁邊拍手就好？繪畫者在無意中淪於傳統制式分工的窠臼？小朋友在閱讀《鵝媽媽出嫁》的過程中，有能力從圖畫中發現問題，可見女權經過幾代的努力是頗有成長的。

「默默」在裡面走著

因為兩性平權議題，臉友前來臉書開戰，我在貼文上寫著：

「打扮上，男女日趨中性；興趣上，男人喜歡舞蹈唱歌、設計娃娃，女人喜歡射箭騎馬、體驗攀岩潛水，大眾已不再大驚小怪；家庭分工上，不再如以往男主外女主內般涇渭分明。這是一個多元寬容的時代，多麼希望不只個性化的性格受到包容，同志也不再受到委屈。我們難道還要回到『爸爸早起忙看報，媽媽早起忙打掃』的年代嗎？我們不就是這樣默默地接受著時代的變化嗎？」

寫著、寫著，忽然想起昨晚跟諾諾對「默默」兩字的對談。

諾諾好奇觀看阿公床邊的鬧鐘，指著秒針問阿嬤：「這個東西為什麼一直動？」

阿嬤說：「這是秒針，這個秒針在鐘上一直動、一直動……從白天動到晚上太陽公公下山，像現在這樣天空變黑，我們睡著，它還是一直動，動到太陽公公上班；白天還是繼續動……它就這樣默默走著。」阿嬤說之不足，還在床上滾動，示範時間飛逝的概念。

諾諾看著、聽著，愣愣地問：「默默走著？」

「是的，默默、默默走著。」阿嬤回答。

「默默走著？」她再問一次。

「默默走著。」阿嬤重複肯定。

半個鐘頭過後，姊姊跟阿公、姑姑進來，諾諾拿起鬧鐘，很驕傲地跟大家介紹：「默默在裡面走著。」

「誰是默默？」姊姊問。

「它就是默默啊。」諾諾很權威地指著秒針說。

默默在裡面走著，原來「默默」有名詞跟形容詞兩種解釋。

延伸思考

麥克・安迪（Michael Ende）還真寫了一本名為《默默》（*MOMO*）的繪本書，裡頭的默默就是個小女孩的名字。默默在無意間發現了一群灰色男人，原來他們是偷盜時間的盜匪。默默眼看她的好朋友們因為時間被偷而變得忙碌異常，失去人生樂趣。它陳述一個簡單的概念：假如真的有一群灰色的時間盜匪，那他們為什麼不偷走默默的時間？麥克安迪說：「我雖然安排了時間老人，不過真正對抗時間盜匪的力量，還是來自默默的內心。」如此說來，默默果然是具有雙重意義的詞句。

《紅樓夢》的魅力

台中老家院中的落花滿徑，阿公正彎著腰在另一邊除草。阿嬤決定帶著分別是四歲及兩歲多的兩位孫女仿效《紅樓夢》裡的黛玉葬花。

小孫女先揀落花、放盒中，再選擇鬆軟泥地，拿鏟子將土鬆開。接著，一朵一朵的花放入挖開的小穴，再用鏟子將方才挖去旁邊的土撥回原處，蓋住落花。

大功告成，姊姊問：「為什麼要葬花？」

阿嬤開始跟她說起《紅樓夢》裡的葬花故事：「少女林黛玉，因為寄住在外婆家，一直喜歡外婆家的哥哥，但是外婆家有很多姊妹，黛玉妹妹很擔心寶玉哥哥愛上別人，成天哭個沒完。

「一天，她心情不好，看到落花滿徑，不禁傷心起來。想到那麼漂亮的花落下來，在泥地上都枯萎，甚至爛掉了；若有人收拾它們，把它們埋起來，那些花兒就不會被踩爛，也就不至於那麼可憐了。於是，她像我們一樣，因為愛花、惜花，拿著工具到樹下花徑上拾花、葬花。」

「哦！是這樣哦？但埋起來不是更髒？」姊姊看著自己一雙髒髒的泥巴手回問。

阿嬤只好解釋：「至少埋起來可以變成樹木花草的養分。」

姊姊又問：「讓它留在地上就不會變成養分嗎？」

阿嬤不知如何解釋，指著從前面飛過的蝴蝶說：「你們看，蝴蝶飛過去了。」兩個小朋友同時站起來，向著蝴蝶的方向跑去，一隻蝴蝶救了阿嬤。

花葬完，進到屋裡。阿嬤問：「你們聽完黛玉葬花的故事有什麼想法。」姊姊說：「沒有。」

阿嬤說：「你們喜歡這個故事嗎？」兩個娃兒都不約而同說喜歡。

「為什麼喜歡？」阿嬤問。

「因為黛玉很可愛。」姊姊搶著答。

「黛玉擔心寶哥哥喜歡別人勝過喜歡她，你會這樣嗎？」阿嬤又問。

「不會，大家都喜歡我們，妹妹也喜歡我。」姊姊說。

「那我問你：剛剛你翻到一個手電筒，開心地玩。妹妹也要玩，你不肯讓她，她哭了。她為什麼哭？」

「她想搶我的玩具，每次我要什麼，她就要什麼，好討厭。」姊姊說。

「那剛才她在儲藏間發現一個小書包，阿嬤把書包送給她，你問她要，她不肯給你，你為什麼哭？」

「因為阿嬤只給她不給我。」

「你哭是因為她小器？還是阿嬤偏心？」

「阿嬤偏心，妹妹也小器，兩個都是。」姊姊理直氣壯回答。

黃昏，我們趨車北上回台北的家。姊姊問阿嬤：「阿嬤，你今天早上講的那個故事很好聽，書放哪裡，我想看。」

阿嬤問：「哪個故事？」

「就是那個黛玉葬花的故事啊。」

阿嬤指著客廳書櫥上出版社剛寄來的程乙本《紅樓夢》和白先勇先生餽贈的《白先勇細說紅樓夢》（時報文化）總共六大冊，說：「喏！就是這幾本。」

她嚇了一大跳說：「這麼多本？」阿嬤不忍心嚇她，找了阿嬤寫的《古典其實並不遠：中國經典小說的25堂課》（未來）一書，翻開其中可愛的「黛玉葬花」插畫，又將故事說了一遍。

過了幾日，姊姊拿了書來，要阿嬤講，因為上回看到裡面「黛玉葬花」的插圖好美、好雅致，她說還想看著插圖，聽阿嬤再說一遍。

前述《古典》一書裡，阿嬤選編的是《紅樓夢》第二十六、二十七、二十八這三回的濃縮版，主要是黛玉葬花的情節。阿嬤說：「黛玉葬花的故事有點可憐，改講濃縮版的『木石前盟』。」

姊姊好雀躍，跳上沙發端坐。阿嬤把書上黛玉葬花的圖片翻開，開始說：

「很早很早以前，女媧補天，用了好多的石頭。最後，剩下一顆頑石沒用上，就隨便把它扔在河邊。這塊頑石到各處遊玩，有次到太虛幻境，仙子們知道他的來歷，就留他在赤霞宮居住，稱呼他神瑛侍者。神瑛侍者……」

姊姊打岔：「神瑛侍者現在從石頭變成人了嗎？」

「對了，我忘了說，現在那塊石頭已經變成人的樣子了。神瑛侍者閒閒沒事，常在靈河岸邊逛來逛去，看到一棵絳珠草長得好可愛，就每天給它灑水，絳珠草因此長得又健康又漂亮。這棵絳珠草接受了神瑛侍者的灑水，又有太陽和月亮的溫柔關照，就變成仙女。這位仙女很感謝神瑛侍者的照顧，就決定如果神瑛侍者下到人間來，她也要跟著來一趟，用所有的眼淚來報答他。這就是『木石前盟』，一個前世是石頭，一個是絳珠草轉世的。

「後來神瑛侍者跟這棵絳珠草都被送到人間，成為人家的孩子。一家姓賈，生下男孩子，貝比生下時，嘴巴裡居然含著一塊玉，所以就取名字叫『寶玉』；另一家生下……」

阿嬤正要往下講，姊姊的問題又來了：「小貝比嘴巴怎樣含著玉，玉是什麼？」

阿嬤把嘴巴鼓起，假裝裡頭含了個東西，告訴她：「好的石頭經過琢磨就會變成玉，玉就是很像阿嬤的項鍊墜子一樣的東西。」阿嬤拿墜子給姊姊看，姊姊說她知道了，她很喜歡漂亮的玉。

故事繼續下去：「另一家生下一個女兒，取名字叫『黛玉』。」姊姊又好奇了：「她叫『黛玉』，她嘴巴裡也有玉嗎？」啊，啊，說到黛玉的痛處了呀！阿嬤說：

「黛玉沒有玉，注意，她沒有玉，但她跟你一樣好希望有一塊玉。黛玉小小的時候，媽媽就死去了。爸爸自己忙不過來，把她送去外婆家。她外婆就是寶玉的阿嬤。所以寶玉是她的表哥。但寶玉家還有許許多多的姊姊、妹妹，這些姊姊、妹妹都喜歡寶玉，寶玉也愛著她們。其中有一個叫薛寶釵的表姊，特別受到大家的歡迎，她脖子上還掛著個金鎖片，大家都開玩笑說：『一個啣著玉出生，一個有金鎖片，巧的是這塊寶玉跟那個金鎖片上，正好都刻了字，兩個人真是天生的一對。』黛玉原本就小心眼，聽了更傷心，怕寶玉愛寶釵姊姊比愛她多，她吃醋。『吃醋』知道是什麼嗎？就是嫉妒。」

說到嫉妒，姊姊就明白了，因為媽媽常跟她說：「有好東西不要炫耀，別人會羨慕、嫉妒，這樣很不好。」

阿嬤接著說：「黛玉因為在外婆家沒有爸拔、媽麻陪，常常很難過。雖然寶玉一再跟她說：『你不用擔心，我最愛的還是你。』但是，只要寶玉對別人好一些，黛玉就心裡難過，就哭了。」

說到這裡，姊姊忽然眼眶紅了，雙眼定定地看著阿嬤。阿嬤問：「你怎麼啦？幹嘛要哭、要哭的。」

姊姊忍著淚沒哭，只是定定地看著。然後，忽然說：「阿嬤，我愛你，真的好愛你。」

阿嬤慌了手腳，問：「那為什麼哭呢？阿嬤也愛你啊！」

姊姊眼淚差點掉出來，她難以自抑地轉頭趴在沙發靠背上，阿嬤想抱抱她，她忸怩地把頭埋進沙發裡。阿嬤不勉強她，任憑她。故事只好就講到這裡。

晚上，阿嬤、阿公、小姑姑帶她們兩姊妹出門。途中，阿嬤拉著她的手往前走，若無其事問她：「今天下午阿嬤說故事時，你為什麼哭了？」她輕聲說：「因為喜歡聽這個故事。」

天啊，難不成黛玉轉投胎到我們家來了？還是《紅樓夢》真的是魅力無窮？

延伸思考

《紅樓夢》是一部中國最重要的經典名著，裡頭蘊含豐富的人生哲理。曹雪芹用變形神話及寓言串出大觀園內外的兩個清濁對比世界，既有寫實的生活細節、人事傾軋、家族滄桑，也有近乎魔幻的場景。

文中，寶玉、黛玉和寶釵的三角戀情最受讀者矚目。原先阿嬤並無意挑選這麼經典的作品說給四、五歲的小朋友聽。但老家園中正好落花滿徑，阿嬤不期然想起「黛玉葬花」情節，在領著小朋友葬花後，順口便說起這個故事。沒料到小朋友居然聽得津津有味，且不時提問，證明了名著涵納的讀者群真的是內行看門道，外行也可以看熱鬧。

黛玉因為愛花、惜花而葬花，是對美好事物的嚮往、珍惜與悼念；寶玉聽到黛玉吟誦〈葬花詩〉後，不覺痴倒，而引發他對人生無常的喟嘆。沒多久後，接著說「木石前盟」，寶黛前世因緣的神話。揀選內容時，阿嬤盡可能避重就輕地只講孩子可以領略的神話與黛玉乍入賈府的憂懼。重要的也許不是故事的發展，而是講述故事時，孩子提問所得到的導引與情節發展引發的情感共鳴。

讀出太陽的心情

午後，和阿公帶著兩位分別是四歲及兩歲多的孫女搭高鐵回台中。我們買了兩大一小的車票，讓位置稍稍寬鬆些。下午兩點，陽光從車廂窗口直射進來，坐在中間位置的妹妹較敏感，用手遮陽，老氣橫秋皺著眉指揮坐窗邊的姊姊拉下簾子。

姊姊拉下簾子後，跟我說：「這裡是哪裡？天空好亮，跟台北很不一樣。」阿嬤問：「這裡是苗栗，怎麼不一樣？」姊姊說：「台北的太陽公公心情比較不好，很不開心，每天都灰灰的，一點都不亮。」

她掀開一個角落，跟阿嬤說：「阿嬤，你看！外面的太陽是不是很開心？」阿嬤低下身子仰頭看，果然陽光璀璨，太陽公公一派開朗模樣。阿嬤趕緊稱讚她：「姊姊好會觀察，這裡的太陽公公真的很開心。」

下了高鐵，轉搭計程車。已三點多，妹妹進入昏瞶狀態，不回阿嬤的話。姊姊說：「阿嬤，你現在不要跟妹妹說話啦，她心情不好。」阿嬤順口回：「是啊，還是別跟她說話，她心情壞，想睡覺。」

姊姊糾正阿嬤：「她是心情不好，不是心情壞。」阿嬤好奇問：「心情不好不就是心情壞，有什麼不一樣？」姊姊解釋：「心情不好只是不想理你，不跟你講話；心情壞，會找人吵架、打架，當然不一樣。」

她說得好像還滿有道理的，阿嬤只好說：「確實不一樣，你真是觀察入微。」幸好她沒有往下問：「什麼是觀察入微？」

小孫女逐漸長大，語言進度如光速，突飛猛進，且開始注意細節變化，阿嬤說話時，老被她糾正。晚間，看《櫻桃小丸子》，她跟阿嬤解說前情：「這個小玉的爸拔很喜歡攝影。」阿嬤為表示自己沒有被時代所拋棄，附和著說：「我知道啊！小玉的爸拔跟你爸拔一樣，都很會攝影。」

孫女不隨便附和，她糾正阿嬤：「小玉的爸拔不算是很會攝影的，她只是很喜歡攝影而已。」好啦，阿嬤承認「很會」跟「很喜歡」的確是不同的。但孫女的爸拔是很會的嗎？孫女顯然對她的爸拔的攝影技術深具信心，很驕傲地回覆：「當然，我爸拔是很會攝影的，跟小玉的爸拔是不一樣的。」

這樣一位非常注意細節的小女孩，凡事好奇，凡事問。儘管只是一張紙，也能問得津津有味。

在高鐵上，她看到一張緊急按鈕的圖表說明，很好學地將所有圖片看過並問個分明。說實話，頻繁搭乘高鐵應該不下兩三百回合，阿嬤從來沒把那張說明好好閱讀，有緊急逃生窗及破窗槌、手動開門把手、列車滅火器、無障礙求助鈴等，她問了名稱，又問功用，再問使用方式。

阿嬤答得明顯有些吃力，因為以一個四歲多小童而言，她的問題似乎犀利了點，阿嬤幾乎招架不住。譬如：

「什麼時候需用到手動開門把手？」阿嬤說車門故障的時候。

她接著問：「車門為什麼會故障？」阿嬤說：「東西用久了，難免會故障。」

她繼續追問：「那能不能按緊急求助鈴？」阿嬤說：「應該可以，但車子如果沒電了，電動門無法開，電鈴也不會響啊。」

「為什麼會沒電呢？」「如果車子不幸相撞了，電可能會自動關閉，或線路斷了都可能沒電啊。」

阿嬤盡量不用「車子如果撞得稀巴爛怎會有電！」等太刺激性的語言，不想嚇壞孩子。

好不容易把那四張圖搞定，她又看到「禁止」的畫叉叉圖案，分別有三張火焰、槍和刀和飄揚的氣球。她又問：「為什麼不能帶氣球上高鐵？」阿嬤有限的物理化學知識盡展：「氣球裡有氫氣，氫氣爆炸會引起火花，車廂內怕產生火災。」

阿嬤大汗淋漓了，她還沒完：「那上面的一一〇電話要幹什麼？」「報警時可以用。」

「什麼時候需要報警？」「發現有可疑人物或東西時都可以報警。」「怎樣的人可疑？」她鍥而不捨，阿嬤想起小時候畫的戴黑眼鏡鬼鬼祟祟的匪諜，不禁發笑；「可疑物品又指什麼？」阿嬤說：「譬如槍枝、火藥……唉啊！很難講，等阿嬤發現可疑人物後，再偷偷指給你看好了。」以為總算功德圓滿，她忽然又問：「這個人拉著行李是要我們注意什麼？」阿嬤只好又解釋：「叫我們別忘了帶走行李，也要防止小偷把行李給偷了。」

謝謝天，妹妹乖乖一旁玩著她的玩具，沒參與混戰，台中站終於到了。誰知，回程時，小姊姊跟姑姑坐後方，兩歲半的妹妹跟阿公、阿嬤坐。一上高鐵，妹妹老里老氣將桌子放下來，抽出網籃內的同樣那張表，跟阿嬤說：「讓我們來看這張表吧。」阿嬤差點昏倒，幸而妹妹不麻煩人，她主動要跟阿公、阿嬤介紹。她口齒伶俐這樣介紹：「這一張有兩面，兩面都一樣，只是這面是外國話，另外這面是台灣話。」

她學阿嬤的口氣，指著圖說：「這是求助鈴，腿壞了、眼睛看不見的人，可以按鈴請人幫忙……氣球會爆炸。」看來，她的吸收力很強，先前看似漫不經心，卻差不多都心領神會了。回答一個小娃提問，等於教了兩個，真不錯。

跟孩子一起閱讀，常有意外的發現。遇到一些對她而言的新字詞，阿嬤會問她懂不懂？譬如跟孫女一起看她很喜歡的《小火龍上學記》（親子天下），有「家庭旅遊」、「四周的景色越走越荒涼」……等敘述，阿嬤就設法讓她跟生活聯結，說上次跟姨婆、丈公、阿伯……一起去旅行，或她跟爸拔、媽媽、妹妹去山上露營，都是家庭旅行；景色荒涼就拿鄉下老家附近荒廢的宅院做例子。

故事裡，小火龍因拿錯地圖，以至有了一趟冒險的行程。阿嬤問她：「知道什麼是地圖嗎？看過嗎？」她搖搖頭。

阿嬤忽然想起上回友人送了一本《地圖》（小天下）的書，當時，阿嬤瞄了一眼，覺得可能一時半刻還用不上，就擺在書架上。

這時，趕緊找出來，把偌大的書攤開，嬤孫兩人趴在床上翻閱起來。這本名為《地圖》的書，沒有任何解說，打開就是世界各地的地圖而已，但豐富異常，除了方位，還在地圖上標示林林總總的當地特產、風俗、海洋、山林……圖畫簡淨可愛。孫女看啊看的，不識字的她居然能說出許多種殊異動物的名字或魚類的名字。

阿嬤問她：「各地的鸚鵡長相很不同，你怎知牠們都是鸚鵡？」她還認真跟阿嬤解說如何從羽毛與嘴形辨識，把阿嬤嚇了一大跳。阿嬤一向四體不勤、五穀不分，看著四歲小童興致勃勃指著上方的圖片侃侃而談，簡直驚詫極了。阿嬤問她從哪裡學那麼多的知識，她也說不上來。阿嬤只能說：「你好厲害，阿嬤以後要跟你多學習。」

看到南美洲時，阿嬤告訴孫女：「你還沒出生前，你的爸拔曾去南美洲將近一年。」然後指著祕魯，告訴她，爸拔在這裡待過。她很仔細看吹排笛的小男孩、山絨鼠、瘦駝、黑凱門鱷，還有南美海獅……然後她要求看他爸拔也去過一個月的印度，還有電視上介紹過的非洲，接著看台灣。

看到亞洲地圖裡的台灣，她驚叫：「好小。」然後她問：「台北在哪裡？」「台中在哪裡？」地圖裡只標示了一個小紅點的台北，沒有台中，她有些失望。阿嬤安慰她：「明天早上起床，阿嬤們請阿公拿出他的地圖，就會有大大的台灣跟小小的台中了。」

次日醒來，孫女忘了找阿公要台灣地圖，阿嬤有些失落。但阿公聽了之後，相當振奮。立刻上街買了好大張的台灣地圖，張貼在牆上，還特別幫她們標出她們曾去過的台北、台中、澎湖，小孫女補充：「爸拔、媽媽還帶我們去過台南和高雄。」於是高雄和台南也收入標示之列。藉著閱讀，小朋友已逐漸在台灣島上踏出她們認識土地的腳步。

延伸思考

認識世界的方法無數，觀賞天光雲影或所有的陰晴圓缺是一種；聽人講述人世的愛恨怨嗔也是一種；即使只是看一張高鐵上的緊急按鈕的圖表說明也都是。孩童的好奇心越強，求知慾越高，對世界的探求慾望就越深。就連在家裡的床鋪上翻看地圖，都是無極限的臥遊。

小朋友在世界地圖上尋找父親年輕時壯遊的國家，各種蟲魚鳥獸的棲止重地，辨識圖中的各式特產，最後，卻茫茫尋找不到自己身處的國家，好不惆悵！幸而阿公及時出門找到了台灣地圖，也畫出了她們曾經踩踏過的台北、台中、高雄、台南……

月光下的迷離故事

午後，阿嬤將幾個魏晉志怪故事的精華集中，試著串連小朋友可能喜歡的橋段，重新組裝改「說」：

一個夏天的晚上，月亮好圓、好亮。一位發高燒的男人，因為怕熱，睡在院子裡。不久，聽到有人敲門。發高燒的男子無力喊家人過來應門，索性自己掙扎著起身。推開柴門，忽然一隻老虎的腳伸進，遞給他一張白紙，並說：「請去殺王二。」然後飄然遠去。

男人扶病在月光下打開白紙，白紙上只有一排影影綽綽的老虎腳印子。次日清早起床後告知家人，家人都認為他腦子燒壞了。男人不被理解，好悶，只好往森林散步去。

走啊、走的，看到一片青翠柔軟的草坪，他好歡喜，不自覺脫了衣服、帽子掛在一旁的樹枝上，把手杖也靠在樹幹，然後躺上如茵的綠草上，滾過來、滾過去的，不覺睡著了。

講到這，四歲小孫女問：「睡著了？為什麼？」阿嬤反問：「你說呢？」「生病太累嗎？」阿嬤說：「嗯，你說得對，很可能是太累。」另一個兩歲多的小孫女也搶著說：「躺草上太舒服，睡了。」阿嬤開心讚美她們好聰明，繼續說下去：

男人醒來時，口渴想喝水。跑到河邊取水喝，赫然發現自己的臉變成老虎的樣子；接著，看到全身上下都長了長毛，力氣變得好大，而且很容易就可以抓到魚吃。他嚇得不知道怎麼辦。只好一直往前行，走著、走著，看到一個女人在路邊採桑葉，他壓不住心裡想吃人的慾望，就撲上去把女人撕裂吃掉。這下子，他變得力氣更大、更勇猛了。

大孫女忽然聯想起前些日子在電視上看到的宮崎駿動畫電影《神隱少女》，說：「啊，我想起來了，他就像《神隱少女》裡千尋的爸、媽，因為貪吃變成兩隻豬！」阿嬤說：「是齁！就像千尋的爸媽受不了美味雞肉的誘惑，吃下肚後，就變成豬。這個人也是受不了青翠草地的誘惑而脫下衣服躺上草地滾動，因而變成老虎一樣，這些食物或美麗的草地其實都是為誤入不該去的地方的人類所設下的『陷阱』。」

「陷阱是什麼？」大孫女問。「呃……呃……陷阱本來是為了捕捉野獸而挖掘的深洞，後來只要是害人的方法都稱作『陷阱』。」阿嬤不想對小孫女談到太多人間之惡，不管孫女懂了沒，繼續往下說：「沒一會兒，有一群人前呼後擁走過來。」

「什麼是『前呼後擁』？」

阿嬤沒奈何，只好放下書本將兩個孫女左右擁著往前走，嘴裡不停地吆喝著：「我們來了，大家都走開、走開。」用肢體語言表演給她們看這句成語。「這樣懂了嗎？」小朋友的表情似懂非懂。阿嬤阿Q地認為，將來她們遇上了相似的場景就一定懂了。於是，拉回到故事上：

男人忽然聽到有人在喊：「王二！王二！」他聽到之後，聯想起昨晚老虎的叮嚀，奮不顧身撲上去把王二給吃了。

「他怎麼可以亂吃人呢？」長孫女發難，「是啊，吃人好可怕。」小孫女也附和。

阿嬤傻眼，但還是試著跟她們解釋：「吃人當然不應該，但他吃的那個王二，就是以前的恐龍法官，可能是平常亂判案，常常冤死人，引起公憤，善良的百姓拿恐龍法官沒辦法，只好在小說中變身，讓老虎吃掉他洩恨，不是真的吃人。」阿嬤急著說完故事，趕緊將故事作結：

吃了王二以後，男人無聊地走回原先的草地。忍不住又躺上去，滾來滾去的，不小心又睡著了。醒來發現竟然又變回了人。他連忙穿上衣服、戴上帽子，趕路回家。

這時，長孫女又插嘴了：「阿嬤，你忘了讓他帶手杖回去了，剛才他不是把手杖靠在樹幹上？」阿嬤不禁慚愧地笑著回：「阿嬤老了，帶了拐杖出去，忘了帶拐杖回來。」孫女不但認同，還補上一槍：「阿嬤真的老了，每天都在找眼鏡跟手表。」

阿嬤不覺啞然失笑。故意愁眉苦臉跟她們開了個小玩笑：「阿嬤煩惱啊！有天，萬一你們不小心變成老虎，我該怎麼辦啊？」

大孫女很篤定、很睿智地回說：「我會回到草坪上再滾一滾、變回來的，阿嬤不用擔心。」

中西童話都充滿了殺戮與算計，幼年大禹、白雪公主、灰姑娘的生活無不充滿嗜血的歷程。小孩子不知道死亡為何物，不會害怕，害怕的是大人，小朋友談死如平常。長孫女最早說給我們聽的故事就是：「螃蟹亂走亂走，就迷路了，跑到海裡被鯊魚吃了。鯊魚游來游去，不小心就被鯨魚吃進肚子裡，然後鯊魚跟螃蟹就都沒有海了！」鯊魚跟螃蟹就都沒有海了！豁達而詩意盎然。

孫女接觸變形故事是始於宮崎駿動畫電影《神隱少女》。因為是圖像展示，孫女乍看非常害怕，第一次收看的時候，甚至嚇到關掉電視，不敢往下看。那日晚上，阿嬤和她在書房聊天，問她為什麼怕看《神隱少女》？海蒂說：「那裡面的爸拔、媽媽竟然變成豬，好恐怖。」阿嬤問：「變成豬有什麼好怕的？」「我就是不喜歡，看起來胖胖醜醜的，好恐怖。」

阿嬤追問：「那如果變成什麼你就不怕呢？」海蒂說：「如果變成兔子或長頸鹿就很可愛，我就不怕了。」

阿嬤說：「拍電影的人可能就是專挑讓人看起來可怕的東西來變，變成可怕的豬才會讓千尋一直想把爸拔、媽媽變回來；如果變成可愛的兔子或長頸鹿，就感覺無所謂啊。」

海蒂不知聽懂了沒有，但她好強地跟阿嬤說：「不然，我們試著再看一次《神隱少女》吧，說不定我長大了。」次日，我們從頭到尾看了一遍，她目不轉睛地看，但結論是：「我覺得上次看的《龍貓》跟《魔女宅急便》比較好看。」

阿嬤讚美她滿內行的。但阿嬤覺得看完《神隱少女》裡穿越隧道到另一個魔幻世界，跟中國古典仙鄉小說中到異類世界必得先通過洞穴有異曲同工之妙，既詩意又充滿想像力。

也許，下次阿嬤能開始跟她們說說古代的仙鄉故事囉！

延伸思考

閱讀的樂趣在想像力的漫遊，即使是毫無現實根據的神怪、穿越小說都能聽得或看得津津有味。最厲害的讀者，會由此及彼超現實聯結思考，以壯闊更大的閱讀版圖。譬如：海蒂由魏晉志怪小說聯想起宮崎駿動畫電影《神隱少女》、《龍貓》跟《魔女宅急便》，聯結點在它們都有變形情節；而阿嬤也因此從宮崎駿動畫中常有的穿過隧道，聯想起古代的仙鄉小說摹寫人類進入仙鄉也都通過類似的隧道、洞穴、枕頭……英國作家的《愛麗絲夢遊仙境》裡，愛麗絲也是從一個兔子洞掉進夢幻世界，原來中西文化都有許多雷同處。

一起來分享

兩歲多的小孫女諾諾拿出一本《分享》（親子天下）的繪本，是四歲多孫女海蒂耳熟能詳的幼時讀物，好像已有一段時日沒拿出來看了。內容說的是跟弟弟分享生命中所有的人、事、物，由懊惱到和解的心路歷程。

阿嬤一邊唸，一邊留意兩人的表情，甚至刻意留一點結尾讓她們輪流接著說。譬如，看著圖唸到：「我愛我的——」姊姊看圖就接：「數字拼圖」。「可是寶寶也想玩，媽媽說——」妹妹就接著說：「一起玩。」所有的東西都可以跟弟弟一起分享，睡覺時，也讓媽媽躺在中間，一起分享媽媽。

以前，姊姊海蒂看這本書時，不曾提出疑問。這次，她長大些，發現問題了：「阿嬤，為什麼她們家沒有爸爸？」

沒有爸爸嗎？阿嬤趕緊從頭到尾檢查一遍，懷疑也許爸爸沒對白，但藏在某個畫面的細節中。

「真的沒有爸爸欸！」阿嬤檢查完畢。「那我們來想想書裡沒有爸爸，可能是什麼原因？」

妹妹竟然搶答：「爸拔出國去了啦，太遠了，看不到。」阿嬤真的嚇一跳，這傢伙怎麼會這樣說？她爸爸在她出生前是常常出國沒錯；但是，自她出生後，就很少出遠門，小小年紀的娃兒會說出這種答案真是出乎意料之外。但她說完就若無其事走開。

阿嬤問姊姊有沒有其他可能？姊姊說：「可能她的爸拔還在上班沒回家。」「都到睡覺時間了，還不回家？」阿嬤問。姊姊補充：「剛好加班啊！我爸拔、媽媽也常加班啊。」她想了一下，又提出另外的答案：「大家都洗完澡，輪到爸拔洗，爸拔在浴室裡。」

「哇！姊姊想像力好豐富，一個是爸拔可能還在公司加班，一個是爸拔下班回家了，只是正好輪他在浴室裡洗澡，我們沒見到。那還有什麼狀況，爸爸會沒出現呢？」姊姊忽然眼眶都要紅了，小小聲說：「還有爸拔死去了。」

阿嬤大吃大驚，問她：「她們的爸拔死去？你覺得爸拔死去是不是很可憐？」海蒂說：「爸拔如果死去，就不能幫媽媽洗屁股了。」阿嬤又大吃一驚：「爸拔幫媽媽洗屁股？媽媽的屁股怎麼啦？」

「不是幫媽媽洗屁股啦！是幫媽媽洗妹妹的屁股啦。」阿嬤一顆心總算放下來。「所以，爸拔的功用只是幫妹妹洗屁股？」這時，妹妹跑過來大聲跟阿嬤說：「爸拔還會煮捲捲麵給我吃啦。」

聽起來爸拔的功能性不高，只有洗屁股和煮宵夜的捲捲麵而已，而且是「幫媽媽洗妹妹的屁股」。不但二姝的爸拔需要再加油，二姝的兩性平權教育可能也需多加強，洗妹妹的屁股不該只是媽媽的專責。

過幾天後，海蒂拿來一本《鴿子想要養小狗》（小天下）的繪本，要阿嬤唸給她聽。阿嬤打開書，第一頁就寫了「獻給好孩子尼爾森」。

海蒂問：「誰是尼爾森？」阿嬤說：「應該是他家裡的某一個小孩吧？如果是我們家，就是指你啊。」妹妹諾諾湊過來搶說：「應該指諾諾吧？」「好，可以是諾諾，也可以是海蒂。」

接著一頁又一頁，都是同一隻鴿子，不停用不同的姿態吵著要養一隻小狗。非常簡單的筆觸，畫面很乾淨。鴿子說牠從上星期二就想那麼做，但大人似乎故意為難牠，不想讓牠開心。但渴望的情緒堆疊到最高點，差點讓牠崩潰。牠用非常幼稚的方法——「每個月會澆一次水」來跟大家保證會好好照顧小狗，顯示牠對養小狗的認知非常不足而且不切實際。

最後，牠果然夢想成真——狗兒真的來了，牠好高興。不過，隨即發現狗兒出乎意料之外的形體高大，白森森的牙齒、滴下的口水、利爪子跟溼溼的鼻子都超乎想像，牠瞬間改變心意，任性地決定改養海象。故事看起來很簡單，卻相當寫實。可以想像鴿子一旦真的養了海象，問題必然會更多。

阿嬤問海蒂：「你有沒有類似的經驗？」

「『經驗』是什麼？」海蒂問。

「經驗就是你有沒有遇到相同的狀況？」這題顯然很難，海蒂沒有回答。阿嬤出了題，海蒂答不出，解鈴還需繫鈴人，阿嬤決定跟孫女表白自己的體會。

「前些日子阿嬤去日本旅遊，途中，一直想念你和諾諾，一下想你們會喜歡什麼？要買什麼禮物送你們？一會兒又想，回來以後要怎樣陪你們玩，恨不得趕快回來看你們。那種心情就像鴿子想要養小狗一樣，好想、好想，覺得有孫女好幸福。所以你們來的時候，我好開心。可是……」

「可是怎樣？」

「可是，你們來了沒多久，一下子要阿嬤幫你們印著色畫；一下子要阿嬤跟你們玩『風來了』的遊戲；還有搭高鐵、搭飛機去旅行的遊戲；一會兒又要吃東西；一會兒又跟妹妹搶玩具，鬼哭神嚎的，阿嬤都累死了。剛剛阿嬤上電腦做功課時，妹妹還發瘋似地大聲叫阿嬤……」這時，正玩著玩具的妹妹，還特地轉頭來接話：「大聲叫，阿嬤才會很快出來呀。」

阿嬤板起臉孔說：「阿嬤一定要把事情做完才會出去，聲音大沒有用，知道嗎？阿嬤被你們吵得好煩，就會希望爸拔、媽媽最好趕快把你們接走，讓我們清靜一下。」

諾諾一副無辜的樣子，睜大了眼睛，隨即撲進阿嬤的懷裡撒嬌：「我最愛阿嬤了。」接著又說：「也最愛阿公跟姑姑。」

阿嬤摟起兩個孫女，又接著說：「等你們被爸拔、媽媽接走了，阿嬤鬆了一口氣，接著又怎樣，你們知道嗎？」這次姊姊搶答成功：「接著就又開始想念我們。」

阿嬤驚問：「你怎麼知道？」海蒂回說：「今天媽媽送我們來阿嬤家的時候，阿嬤不是在電梯口跟我媽媽說：你今天站在十字路口等紅燈的時候，忽然覺得有我們兩個孫女，好幸福！」沒料到小孫女居然把阿嬤說過的話一字不漏記下了。

阿嬤鬧著她們玩，問：「啊！這問題該怎麼解決？」

姊姊認真誠懇回說：「我們只要乖乖的就好了呀。」

阿嬤假裝煩惱地問：「你們乖乖的，我就更愛了，那我這麼愛你們怎麼辦啊？」

妹妹很同情地提議：「那你就抱我們、親我們就好了呀！」

延伸思考

閱讀可以排遣情緒，得到共鳴與快樂，除此之外，還有豐富知識、提升情操的作用。當孩子在故事中發現重大疑問時，正是讓她們自行解惑的最好時機，譬如：《分享》繪本書中的小家庭，竟然從頭到尾不見爸爸的蹤跡。當孩子提出她的觀察時，就是跟她討論思考的時機；如果大人提出的問題稍有難度，如：《鴿子想要養小狗》裡的「經驗」，導讀的大人就可以先行舉例，孩子可以藉著容易理解的範例聯想發展。

另外，做個小叮嚀：時常被擁抱的孩子較具安全感是經過證實的學說。

光和影的關聯

海蒂感冒，昨日午後媽媽送來後，便不支倒下睡午覺。諾諾拿了一本畫冊《誰要來喝下午茶？》（信誼）要阿嬤說給她聽。一個名叫佩佩的小女孩到公園玩，一路撿了樹枝、花瓣、石頭、落葉、果實……做了好多點心。

到公園後，鋪上桌巾，擺上撿拾的東西，開始喝下午茶。書上寫蝴蝶來跳舞、鳥兒來唱歌、松鼠送來烤栗子、貓兒只靜靜地微笑，一頁一頁的，阿嬤看見桌巾的兩端還有兩隻豬打著小口水巾陪著吃，書上沒提。

「咻——風來了」，阿嬤問：「怎麼看出風來了？」

諾指著佩佩被吹向一邊的頭髮、松鼠歪向一邊的尾巴、還有貓咪歪向同一邊的耳朵，還有落在半空中及地上的葉子，說：「這些都是風吹的啊。」

「諾諾真聰明。」阿嬤稱讚。

雨下來了，大夥兒跑去躲起來。雨停，太陽出來後，圖上出現的是佩佩的裙襬、赤腳丫子及前方佩佩的影子，諾諾問：「影子怎麼跑到前面，影子不是都在後面嗎？」

阿嬤跟她解釋光源和影子的關係，決定白天帶她去實地觀看。沒料到晚上下樓等爸媽來帶走她們時，她主動發現路燈將她的影子照出在前方，她趕緊指給阿嬤看，馬上解決了自己的疑問。她真能舉一反三。

最後，佩佩結束下午茶，大夥兒各自回家。圖上蝴蝶往上飛，貓起身站著，松鼠爬到樹幹上，那兩隻豬遠遠地仍坐著。阿嬤納悶問：「大家都走了，豬怎麼還不走？」

諾諾笑起來說：「那兩隻豬是石頭做的。」哇！原來兩隻豬手裡捧著一個板子，是公園內的裝置藝術，小孩真機靈。

接著看《長襪皮皮來嘍！》（親子天下）相較之下，這本繪本的圖較繽紛。我們只集中心力看了兩個跨頁，就有說不完的話。一頁是皮皮住處亂七八糟的院子，一頁是皮皮大展身手做煎餅的廚房。

我們數園內的花朵、蘋果和蓮霧（也許是梨，但她堅持是前幾天在雷驤爺爺家吃到的白蓮霧）的數目，很驚訝發現諾諾不知何時已能數到三十。她找到藏在草地裡的青蛙和鱷魚，嫌屋簷下兩隻小鳥擠在一個窩裡：「這樣太擠了吧！」她知道冒煙的是煙囪，阿嬤問她從何處知道煙囪？她說是聖誕節時聖誕老公公會從煙囪送禮物給小朋友。

阿嬤問她知道圍牆是做什麼用的嗎？她回答：「是擋東西的。」好像也是沒錯，她加注解：「阿嬤台中的家有圍牆，我們家沒有，我們家只有大門。」

她誤將兩個盤子看成蛋白，阿嬤問：「你知道蛋白是什麼嗎？」她不假思索回答：「蛋白是包著蛋黃的東西。」阿嬤嚇了一跳；她還指著牆上掛著的木框，問阿嬤：「裡面這是照片？還是圖畫？」

看完《長襪皮皮來嘍！》和《誰要來喝下午茶？》的故事，諾要求：「我們也來吃下午茶吧！」阿嬤說等姊姊、阿公起床了再說。諾偷偷附到阿嬤耳邊小聲說：「等他們起床，我們把窗簾拉開、把燈打開，一起吃下午茶，讓他們驚喜一下，這是我們的祕密，不可以讓別人知道哦！」

守著祕密真是不容易，諾諾不時偷偷潛進書房，看沙發床上的阿公和姊姊醒了沒？阿嬤攔了幾次以後，她嘆口氣說：「他們睡得好慢，都還不起床。」阿嬤笑著糾正：「應該說睡得好『久』，起床起得好『慢』。」

這期間，諾諾自己叉水果盤內的火龍果和芒果吃，不小心就掉到地上，弄髒了衣服。阿嬤細心教她：「如果阿公把水果切得太大塊，我們可以先將水果在盤內切成兩或三塊，再把叉子叉進那小塊水果的正中央，就比較不會掉下去。」諾諾用心練習，馬上學會了。

阿公一醒來，她就讓阿公觀看學習成果。

延伸思考

邊看書邊提問，能最快獲得知識，不管問的是大人還是小孩。譬如《誰要來喝下午茶？》裡下午茶已然結束，阿嬤納悶動物都回家去了，為何兩隻小豬偏不走？諾機靈釋疑：「小豬是石頭做的裝置藝術。」

在書裡看到的知識，如果能在現實中找到印證，就比較容易記在心上。譬如看完《誰要來喝下午茶？》，隨即在家裡喝下午茶；懷疑影子不應該畫在人物的前方，馬上在夜晚回家的路上，看到路燈將她的影子照落在前方時，得到證實。

洞悉大人心思

前天，信誼幼兒文學獎頒獎典禮過後，阿嬤攜回了兩本信誼出版的繪本。一是李瑾倫的《子兒，吐吐》，一是林思辰的《月亮想睡覺》。兩本都很有創意，除了奇思妙想，還兼具美感，孩子們都很喜歡。

講給諾諾聽《月亮想睡覺》時，她邊畫畫邊聽。每翻一頁，她湊過頭來看一眼圖畫。書裡談到月亮掛天空上，好寂寞。月亮累了，想找個伴一起睡覺。找小熊、找花兒、找孩子，轉啊轉的，都因「太亮了」，沒能如願。於是閉眼落進了海這頭、山那邊，月亮「一點一點地沉了進去」。故事結束，畫面上月亮蜷曲著睡覺。

阿嬤問：「月亮沉進去海裡以後，什麼東西就會出來？」諾飛快回說：「太陽。」然後，她抬起頭要求看畫冊裡的太陽。阿嬤說：「書裡沒畫到太陽，只畫到月亮睡著了。」

她放下手中畫畫的筆，鄭重取過書，翻到最後一頁。當她看到最後一頁果然沒有出現太陽時，很感慨地說：「阿嬤，我知道了，這本書是給爸拔、媽媽在晚上說給小朋友聽，讓小孩子趕快去睡覺用的。」

阿嬤被這麼洞悉大人心思的結論驚得瞠目結舌。

延伸思考

兒童繪本除了兼具豐富知識、怡情養性的作用外，為了解決實際且普世的疑難雜症，常常還得肩負家長的期待。怕黑的小孩，家長會在書肆買一本《我不怕黑》（采實文化）；愛哭的孩子，給他看《愛哭公主》（親子天下）；怕上學的童子，讓他讀一讀《小孩為什麼要上學？》（大穎文化）或《不想去上學》（時報文化）。發現《月亮想睡覺》一書確實沒畫太陽的諾諾，很快識破大人的詭計，說：「這本書是給爸拔、媽媽在晚上說給小朋友聽，讓小孩子趕快去睡覺用的。」這是不是印證了「道高一尺，魔高一丈」？

神祕的午後

二妹近日獲贈一套《赫威．托雷美感禮物書》（上誼文化）。夏日炎炎，想到要帶孩子出門走走，還真有些意興闌珊。幸好來了這書，整個午後變得瑰奇有趣。關掉燈、拉上窗簾，在黑暗房間裡，打開她們最喜歡的小燈泡，把鏤空的圖案投影到天花板或牆上，觀察光影的樣子，學著說故事。還能隨機混搭線條和點、線、面，再用特別設計的ＤＩＹ材料——二十四條彩色長紙條和八張點線面混搭色紙，延伸出藝術創作。

小朋友看著投射出的光影驚叫著，開心得不得了。光是一個小燈泡，就讓她們興奮到不行。一個小燈泡如何應付得了兩個小朋友？沒關係！猜拳輸了的諾諾，靈機一動，跟阿公借手機，手機裡的燈光投出比小燈泡更強的光時，諾諾格格地笑了，這傢伙很賊。

那日玩了新鮮的遊戲後，接著再來阿嬤家時，她們又自創出把燈光投射出舞台的遊戲，要阿嬤當觀眾，兩人分據小舞台兩側，拿自家玩偶出來演偶戲。阿嬤把手都拍紅了。

黑黑的室內，一燈獨自暈暈地環照出兩側二姝的半邊臉，阿嬤在黑暗中不禁紅了眼。

這六年多來，孩子由老鼠大小長成會說故事、會分工演布偶戲，眼裡盈溢著閃亮的光彩，那是成長，也是付出的成果。因為大人兩千多日的溫柔付出，如今，海蒂已然要背起書包上小學，諾諾雖然依然故我，分由家人均攤照顧，但也學習出精靈古怪的家庭應對來了。

在暗夜裡，阿嬤為她們的表演拍手，也為這些年來所有付出心力的大人拍手。養出快樂的孩子委實不容易呵！耳邊廂隨時聽到的是：「阿嬤陪我們玩。」

延伸思考

小小一只燈泡，把鏤空的圖案投影到天花板或牆上，觀察光影的樣子，學著說故事；甚至隨機混搭線條和點、線、面，延伸出藝術創作，果然瑰奇有趣。但兩人卻只有一人可以操作，且一個燈泡投射出的光影未免單調，諾諾機靈借用大人手機，讓一人獨樂成為兩人同歡，而且光亮倍增；次日海蒂持續擴大遊戲範圍到姊妹倆分踞小舞台兩邊，在燈光匯聚處操作偶戲。這樣的一再創意生發，真是始料未及的進步，讓費心陪伴長大的大人不但拍紅了手，也感受極大的快慰。

兩位小孫女的首次木工作品

阿公回台中、姑姑上班去，阿嬤獨自看顧兩位小孫女。

原本一直等著雨停，要帶小孫女去「京倫會所」逛逛小市集。姑姑上班的「檸檬創意」也在那兒設了攤位。

誰知午後微雨不停，嬤孫三人遂決定一人一傘，冒雨前進。

「京倫會所」位於臨沂街上的小宅院（台大老宿舍改建），環境清幽，松、柏、楓、蓮環繞，淺淺的池中還有許多優游的小金魚。

我們喝了咖啡、嚐了小點，小朋友打了「傳藝中心」內的「青木工坊」攤位上的木頭彈珠台。其中的一位叔叔，說是可以送一雙筷子給姑姑試作，姑姑把機會讓給小姪女，那位好有耐心的叔叔，遂帶著兩位小孫女去實作一雙木筷。

從刨木開始，直到磨光，六歲多的姊姊海蒂好有毅力，使盡了力氣刨了好久；

四歲餘的妹妹諾諾也在姑姑的幫忙下，刨了幾回合，終究力氣有限作罷。

叔叔好有愛心，幫忙刨了一枝，然後讓兩個小朋友開始用磨砂紙分別幫兩枝（另一枝是海蒂刨的）木筷子磨掉尖銳，使變得溫柔。為了不讓磨出的粉末被吹起，還幫小朋友穿上製作袍，並取防塵的墊布鋪在筷子下。

兩位小朋友好認真，叔叔讚說：「這是我看過年紀最小的筷子製作人了。她們的耐力真高，許多比她們大的小朋友常常刨一下或磨一下就跑掉了，她們居然能持續做到好。」謝謝這位非常nice的叔叔。

阿嬤看著兩位小孫女認真埋頭苦幹，既佩服又驕傲。回家後，兩人爭用自己費力打造出的筷子吃飯，最後用猜拳方式，由姊姊取得使用權。

延伸思考

事實上，用刨刀非常費力且需懂得一些技巧才會刨得好，真的不要小看小朋友的潛能。姊妹倆磨光工作也一點不馬虎，幾乎用盡洪荒之力。整枝筷子四邊都磨得精光圓潤。使用自製筷子，意義格外不同。

所有成長的痕跡經常就落在這些細微處

1　不同的兩種「累」

嬤孫三人玩投籃框遊戲。諾諾年紀最小，卻宰制慾最強，一起遊戲都是她在發號施令。她任命阿嬤擔任人肉籃框，坐在沙發上，用雙手在胸前圈出一個籃框。她和姊姊兩人上場搶球（用一枚髮夾代替球）投框內，較生猛的諾自然先搶到球。姊姊也不是省油的燈，背對著籃框張開雙手阻攔。

諾跑東跑西，姊姊跟著張開雙手跑東跑西阻攔，完全不給機會。阿嬤同情諾年紀小，時左時右地把籃框往諾的方向移動，以利她投入。小朋友很正直，不投機取巧。諾站定，跟阿嬤抗議：「籃框不可以動啦！阿嬤不能作弊！」阿嬤自慚形穢，趕緊縮回籃框，喃喃自語：「我是幫你啊！」姊姊這時也開始抗議起來。

接著，換諾諾擔任籃框。阿嬤和姊姊搶球投籃。阿嬤是個好長輩，禮讓姊姊搶到球。但一等到投框時，阿嬤被兩個小孫女激烈的吶喊聲所激勵，不由自主地強悍起來，阻攔得密不通風。

見姊姊久攻不下，諾諾也急了，竟然從沙發上跳下來，圈著雙手滿屋子跑，讓阿嬤跟姊姊疲於奔命。阿嬤不耐操，問：「籃框怎麼跑起來了？你自己不是說籃框不能動嗎？」諾諾振振有辭：「因為我這個籃框有生命力。」還不到五歲的娃兒該這樣狡辯嗎？

諾諾的狡辯能力非比尋常。一回，去外面逛街，回程時，諾一直喊：「累死了。」回家洗過澡，阿公趕她們上床時，諾一下看書，一下說故事，不肯睡。阿公質問她：「趕快睡，剛才逛街後，你不是說很累了。現在叫你睡，你又囉哩囉嗦的。」

諾理直氣壯回阿公：「我剛剛說的累，不是想睡覺的累，是腳走不動的累。」

2 字詞辯證

阿公、阿嬤帶著諾諾去紀州庵吃午餐。

小菜裡，有一碟子可口的涼拌蓮藕。諾看到之後，很開心說：「我最喜歡吃蓮藕了。」嚐了一口後，她有些失落，說：「這個蓮藕有點酸，應該是加了檸檬汁。我覺得正常的比較好吃。」

阿嬤說：「帶一點酸味很好吃啊！」隨即糾正她：「蓮藕有一點酸不叫『不正常』，它只是加了佐料。沒加佐料的不叫『正常』，叫做『原味』。」

諾有些納悶，阿嬤想舉例說明，一時找不到適當的例子，說：「正常就是跟原本的樣子一樣。譬如，人長得像人就是正常，如果人長成狗的樣子，一般就叫做不正常。」

諾立刻提出疑問：「那如果阿嬤長得像老虎呢？你不是屬虎？」阿嬤還來不及回答，她很開心地笑著引申：「姊姊屬龍，長得像龍；我跟爸拔屬馬，長成馬的樣子；媽媽屬羊，長成羊的樣子，是不是也叫做正常？」

阿嬤瞠目結舌，一時不知如何回覆。

黃昏，阿嬤去接姊姊放學，跟海蒂笑談妹妹的「正常」說。阿嬤隨口問：「你知道什麼是『原味』嗎？」

姊姊不假思索說：「知道啊！原味就是爸拔、媽媽餐廳裡的菜，它們都是原味。」好樣的，說得真好，很精確。

3　什麼是「心都涼了」？

阿嬤從中部帶了幾本童書回來，講給四歲的諾諾聽。其中一本《米米小跟班》（和英文化），講一位叫米米的小朋友，成天跟在媽媽身邊。有一天跟到書店裡，米米邊走邊看書，竟然跟錯人，找不到媽媽；媽媽從書裡抬頭，也看不到小米，大人、小孩都好著急。

媽媽發覺後，急得跑到街上找，但街上人好多，不知從何找起，書上寫：「媽媽心都涼了。」阿嬤問諾諾：「『心都涼了』是什麼意思？」諾也跟著很著急，慌慌回答：「就是心都碎了！」

4　鸚鵡學語

家裡有五個字母杯，分別是Y、N、W、C和H。

諾諾拿了寫了W的杯子給姑姑用，姑姑驚喜，問：「你怎麼知道這個W的杯子是我的？」諾諾愣了一下，指著「W」回：「因為你長得跟它很像。」這說的什麼話！是怎樣的像法？

過了半個鐘頭。諾諾跑來跑去的，姑姑忽然說：「諾諾，你有時候看起來很像安安姊姊（孫女的表姊）。」諾諾問：「我為什麼會像姊姊？」姑姑愣了兩秒鐘，說：「妹妹有時候會像表姊啊！」諾諾莫名所以，默默走開。我知道，妹妹要問的其實是：「我哪個地方像姊姊。」

接著，兩姊妹要求姑姑放音樂讓她們唱歌，指名要唱〈魯冰花〉，歌詞如下：

天上的星星不說話　地上的娃娃想媽媽
天上的眼睛眨呀眨　媽媽的心呀魯冰花
家鄉的茶園開滿花　媽媽的心肝在天涯
夜夜想起媽媽的話　閃閃的淚光魯冰花
啊～閃閃的淚光魯冰花

唱了幾遍後，姊姊忽然提出疑問：「為什麼媽媽先死，不是阿公先死？」大人相視不知何指。姊姊解說：「爺爺不是比較老嗎？媽媽比較年輕，為什麼先死的是媽媽？」

姑姑問：「這歌是懷念死去的媽媽，哪有先死、後死的問題？」姊姊唱給大家聽：「爺爺想起媽媽的話」，問：「不是媽媽死了，爺爺想起媽媽說的話？」

天啊，原來「夜夜」和「爺爺」發音相同，難怪姊姊唱著覺得納悶啊！

五歲半的姊姊海蒂從今夜起，開始希望理解她所唱的歌中每一個字詞的意思，除了〈魯冰花〉，她也仔細問了中文版的〈冰雪奇緣〉的句子，譬如聽到「一路期待」，會問「路期」是什麼？這下子阿嬤、阿公、姑姑要開始辛苦致力斷句和翻譯了。

延伸思考

字跟字的組合，像變魔術一樣，會變出萬花筒般的各項組合。語詞的辨識會隨著年齡的增長而越加長進，長進的捷徑無他，讓孩子多聽、多問、多講、多練習。長進通常可見於認識語彙量的增加、語彙應用的得體，接著是細微差異的辨識精確度，最後甚至會實踐在哲理層次的辨正上。當小朋友能開始理解抽象語彙，並用自己的語言流利申論，語文教育就算成功了，所有成長的痕跡經常就落在這些細微處。大人得面對孩子學習過程中，對千變萬化的聲音相同卻意義相異的語彙的叩問。等著開始接招吧！

你們家跟我們家

諾諾說：「你們家的削鉛筆機放哪裡？你們家到底有沒有削鉛筆機？我們家有，可惜沒帶來。」

阿嬤聽了，跟她說：「別老是說你們家、我們家的。你爸拔是我兒子，這裡就是你爸拔生長的家，也是你們的家，也是我們的家。這樣說，讓阿嬤覺得不舒服。以後要說『我們家有沒有削鉛筆機？』」

諾諾愣了一下，隨即想從善如流，說：「你們……我們家有沒有削鉛筆機？」阿嬤、姑姑和阿公都給她拍手，而且很快幫她找到削鉛筆機。

過了一會兒，談到即將到來的旅行，阿嬤跟她們補充：「因為我們是一家人，所以才要一起去旅行。」海蒂立刻反應：「可是，婆婆並沒有要跟我們一起去旅行。」

阿嬤說：「婆婆要做生意，大概沒空；而且婆婆另外有一個家庭，她的『我們』包括你的另一個阿公，還有爸拔、媽媽、舅舅跟你們兩個。所以你去婆婆家，也不要一直說『你們家』、『我們家』，都要說『我們家』。這樣，婆婆才會很開心。」兩人點頭。

又過一會兒，諾諾對姊妹倆今夜要住在阿公、阿嬤家有了新鮮說法：「今天晚上我跟姊姊要和阿公、阿嬤一起睡，我們要住在『我們家』。」

好會舉一反三的諾。

討論完「你們的家」和「我們的家」後，刷了牙，九點鐘，阿嬤讓二姝各選一本書上床，阿嬤看書說故事。

海蒂選了《你的家 我的家》（上誼文化），諾諾選了《嗷嗚！嗷嗚！》（信誼）。後面一本是老花豹爺爺取悅小孫子的百般無厘頭作為，字很少，可能適合更小的小朋友，海蒂看了，評論：「老爺爺好誇張。」

拿出《你的家 我的家》時，阿嬤以為海蒂刻意延續我們先前的討論主題而選。

沒料到海蒂自己也嚇一跳，說：「好巧，我不是故意選這本的喔！是不小心拿到的。」

這是一本探討家庭結構的書。圖畫的線條很工整，顏色很鮮麗，看似一本很簡單的書，卻很有討論的空間。因為字很大，而且有注音，阿嬤讓海蒂逐頁唸給大家聽，阿嬤一頁頁提問。

從大小家庭開始，「什麼是小家庭？什麼是大家庭？」

「人少的家庭，是小家庭；人多的是大家庭。」姊姊說。

「多少人叫少？多少人叫大？」二姝傻眼。

阿嬤說：「通常只有爸媽和兒子、女兒的叫小家庭，就算孩子很多個，也算小家庭。加上阿公、阿嬤和姑姑、舅舅就大些。還有沒有更大的家庭？」

姊姊搶答：「有姨婆、舅婆、舅公、舊金山阿伯、阿姆……就是大家庭。」

諾諾說：「還有宇晨哥哥、語安、禹璟姊姊，還有Bon Bon。」

海蒂糾正：「Bon Bon不是，Bon Bon是朋友。」

「為什麼所有家庭都喜歡擁抱？」

妹妹這次搶先：「因為愛啊！」然後把臉靠向姊姊。

「哪些家庭的家人住得近？哪些人住得遠？」

「阿嬤家跟爸拔家住得近，婆婆家跟爸拔家住得遠。」這次諾諾很謹慎沒用「我們家」，但顯然對距離有感。

阿嬤問：「有住更遠的嗎？舊金山阿伯是不是跟他媽媽住得遠？」

海蒂立刻聯想：「還有加拿大姑姑跟不小心姨婆也住得遠，她要搭飛機才能回來看她媽媽。」諾諾說：「現在不小心姨婆死了。」

書中說，有些家庭中的人長得很像。諾諾立刻對號入座：「我只要跟姊姊穿一樣的衣服，別人就會以為我跟姊姊是雙胞胎。」

家人死了會很傷心嗎？姊姊馬上說：「不小心姨婆（阿嬤的姊姊，常常一不小心就送禮物給海蒂姊妹倆）死的時候，阿嬤好傷心。」諾諾補了一句：「我希望媽媽不會死去。」阿嬤也補充：「阿嬤的媽媽已經死去，她死去的時候，我哭了好久。」諾諾靠過來問：「你哭啦！你的眼睛裡有眼淚。」海蒂也認真轉過來看著阿嬤的眼睛，很驚訝說：「阿嬤你真的哭了，眼睛都紅了。」她伸手擦阿嬤的淚。

「有些家庭只有爸爸或只有媽媽。為什麼？」

「因為死去。」二姝異口同聲。

阿嬤說：「還有的爸爸不愛媽媽了。」

姊姊說：「有時候我媽媽會罵爸拔。」

阿嬤說：「幾乎所有爸拔跟媽媽都會吵架，不用擔心，有時只是聲音大一點，不算吵架。」二姝才稍稍放心。

還有，阿嬤又補充：「如果是是兩個女生結婚，家裡就有兩個媽媽，或兩個男生結婚就有兩個爸拔。」小朋友很快就接受了，毫無疑義。

「有些家庭會領養別人的小孩。為什麼？」

「因為他們沒生小孩。」

阿嬤說：「沒錯！但也有生了小孩還領養別人小孩的，是因為有些小孩沒爸拔媽媽，他們覺得沒爸媽的小孩很可憐，捨不得，所以想照顧他們。」

諾諾說：「我們有爸拔媽媽，好幸福。」……我們一直討論到忘了時間，得到自己很幸福的結論，阿嬤也覺得如此。

延伸思考

最美好的童書，除了真誠的心意，善良的內容，美麗的圖文之外，最好還有許多可以相互討論的空間。在推動多元成家及落實婚姻平權的當兒，出現這樣一本很容易釐清本末的書籍，快速回應社會需求，真是令人振奮。這樣的書不但促進思考，也讓大人陪伴閱讀之際，有時間跟著兒童回憶往事。真好！

由黑白轉為彩色的故事

接海蒂下課，等待回家的公車。電子告示牌顯示還有八分鐘，做什麼好呢？阿嬤說我們來說故事吧。阿嬤先來，說了個唐代小說〈李徵〉的故事。

壞脾氣的李徵，沒有什麼朋友，大家都不喜歡他。有一天他帶著僕人去旅行，旅途中，他越來越難相處，脾氣越變越壞。在某一個黃昏，經過一座山時，居然氣到追著僕人跑。結果，僕人跑著、跑著跑回來，他卻失蹤了。家人費盡心思找尋，都沒找到他，哭了又哭，慢慢地就放棄尋找了，也慢慢忘記他了。

海蒂在這時插嘴了：「我有一位朋友，叫米亞的，她也很久不見了，但我沒有忘記她，還常常想起她；不小心姨婆死了，我也沒有忘記她。」

阿嬤覺得慚愧，人不見了就把他忘記是不對的，於是更正：「其實沒有忘記，只是不知道再去哪裡尋找。……」接著繼續說：

過了幾個月，李徵的一位朋友經過這個山頭，忽然遇到三隻老虎。他拔出劍來，嚇那些老虎：「不要以為我好欺負，我可是有皇上賞賜的寶劍的，你們最好都給我走開。」兩隻老虎聽完，乖乖走開了；只有一隻老虎留在原地，忽然開始說話：「請你趕快找地方躲起來，不要讓我看見。我是你的朋友李徵。我現在已經變成老虎，老虎看到人就會想吃，你可別害我吃你。我只是想念家人，想問問他們現在的狀況。」

那位朋友告訴李徵，家人找他找得好苦，好傷心，現在才慢慢恢復過來。朋友從樹叢後面偷看變成老虎的李徵，發現牠的眼睛含著滿滿的淚水。李徵吩咐這位朋友：「回去以後，千萬別告訴我的家人你遇到我的事，也別告訴他們我變成了老虎，我怕他們知道後會更傷心。」然後，那隻老虎就含著眼淚走向森林裡去了。

故事聽完，阿嬤問海蒂有什麼感覺？她說沒有。阿嬤又問：「李徵為什麼會變成老虎？」海蒂似乎從深思中醒來，說：「這就是我想問阿嬤的，他為什麼會變成老虎？」

阿嬤說：「抱歉，我忘了說，其實故事裡他的朋友有問他這個問題。李徵說：『應該是我脾氣古怪，對父母不耐煩，對兄弟不照顧，對朋友不友善，很難溝通。老天於是處罰我跟山林裡不言不語的樹木花草為伍，免得隨便講話，讓別人傷心。』」

海蒂聽了若有所思，阿嬤本來還想講一個〈李衛公靖〉的變形故事，海蒂一聽說是男生的故事，要求阿嬤改說女生的故事。阿嬤從善如流。於是，想拿〈柳毅傳〉的龍女故事取代。海蒂又說不喜歡聽「龍」的故事，想聽「馬」的故事。阿嬤說：「阿嬤不會說馬的故事，阿嬤的故事都是有根據的，書上有的。」海蒂驕傲地說：「我不同，我的故事都是有創意的。」

於是，上車後，阿嬤乾脆要求聽她的有創意的故事。海蒂於是說了個彩色小馬的故事。

從前有個女孩叫柔柔，因為她很溫柔，又很喜歡馬，她希望自己能變成彩色小馬，老天真的就讓她變成一匹漂亮的彩色小馬。她的好朋友紫悅看到她變成小馬嚇了一跳，還發現她雖然變成馬，卻還能說人話，好神奇，也好羨慕。柔柔說，你如果也希望變成一匹馬，說不定過一會兒就可以真的變成馬。過了差不多十分鐘，紫悅居然真的變成馬，兩匹馬就一起在草地上快樂地跑跑跳跳。

故事完了。阿嬤問：「她們為什麼會變成彩色小馬？」海蒂很快回答：「因為她們很乖、很溫柔，又喜歡馬，日夜祈禱能變成馬。所以，老天就獎勵她們，讓她們實現願望，就把她們都變成馬囉！讓她們快樂地一起在草地上玩。」

各位看官請評評理，這叫做有創意的故事嗎？只是把「處罰」變「獎勵」，把「老虎」變為「小馬」，把「男生」變做「女生」，光這樣逆勢操作就能說不是抄襲嗎？何況都是人變動物的故事。但阿嬤還是要嘉許海蒂把人際關係從黑白變成彩色的詮釋方法。

一年多後的某一天，阿嬤終於逮到機會說一說那個海蒂不想聽的有關於龍的男生的故事。

那天，外面下著雨，姊姊海蒂上學去，妹妹諾諾纏著阿嬤說故事。

阿嬤說：「好吧！外頭下雨，我們就來說個下雨的故事吧。」

諾諾聽到是下雨的故事，從沙發上一躍而下，衝去櫃子裡取出雨傘，她說：「先撐開傘，等會兒用。」

阿嬤笑了！雖然是下雨的故事，卻沒有撐傘的情節。

阿嬤說的也是唐代小說，內容講的是少年李靖的故事。

因為人間乾旱，僻居山中龍宮的龍母接到上天指令，必須在方圓七公里內的地方行雨。李靖因為打獵迷路而誤闖龍宮，在龍宮借住一晚，因此答應龍母的央求，幫忙騎著馬，騰雲駕霧去行雨。

卻因為一念之仁，飛到他平日常去打獵並接受款待的霍山時，李靖竟然忘記龍母再三告誡：「行雨時只能灑一滴水在馬鬃上。」為求報恩，他灑了十滴水。這個他自以為報恩的舉動，卻為霍山招來滅頂的災禍。原來「天上一滴雨是人間兩尺雨」。

故事講到龍宮裡的男人都外出了，女人及婢僕都不能代替去行雨，諾諾很大聲地抗議：「為什麼？為什麼女人不能去下雨？這樣不公平。」生氣之餘，她還跑去拿了一枝棍子權充馬鞭拍自己的屁股，說：「我屬馬，我就是馬，不必另外騎馬，比男生更厲害。」然後煞有介事邊跑、邊叫、邊取了個瓶子在自己的脖子後方假裝滴水。

闖禍的李靖自以為做了好事，洋洋得意回來，卻看見龍宮一片悽慘。原來上天發現霍山傷亡慘重，怪罪下來，龍母及後來回宮的龍子們都受到鞭打的刑罰。李靖非常慚愧自作主張的結果，反倒變成對霍山的人民和龍母的恩將仇報。

幸好龍母並沒有怪罪李靖，反而叫人從東西廂各牽出一匹馬，讓李靖選擇，當作酬謝李靖慷慨幫忙的禮物，並告誡他趕緊逃走，因為上天正在追索罪魁禍首並打算將他嚴懲。

阿嬤說：「李靖趕緊收拾行李要潛逃……」內心正斟酌如何將尾聲的一句西漢興起的諺語「關東出相關西出將」做較淺顯的詮解，說明李靖後來成了大將軍而沒有變成宰相，是因為他選擇了從西廂牽出來的那匹威武的馬，而沒挑東廂牽出的溫文馬匹；諾諾卻馬上反對：「怎麼可以這樣就逃走？來，我來想辦法把水收回瓶子裡。」然後，她又一手提瓶、一手揚鞭，要騰雲而去。臨去之前，還駐足認真問阿嬤最後一個問題：「李靖不是迷路了？他怎麼逃命啊？」

說得也是，這傢伙聽故事還真認真。有趣的是，古典裡的「宿命論」就這樣輕易被諾諾給顛覆了。

由諾諾聽故事的反應看來，阿嬤應該可以不用擔心諾諾或海蒂在學校被同儕霸凌了。阿嬤開始要擔心諾諾會不會霸凌同學？會不會在姊姊受了委屈時，凶悍地為姊姊動粗討公道？

延伸思考

小說的魅力無窮，小朋友的接受度最高，無論是古典還是現代，無論是寫實還是魔幻，能聽故事永遠是孩童的共同願望，也是大人對孩童的獎賞。古典小說裡不合群的李徵被上天處罰，變成踽踽獨行於山林的老虎；海蒂編造的故事裡，溫柔的柔柔卻期待變成小馬，老天獎賞她的溫柔，如願讓她變成一匹彩色小馬，和好朋友一起在草地上散步。古今兩相對照，真是耐人尋味。

同樣的，古小說裡，女性無法代為行雨，諾諾大表不滿；而闖禍的李靖，事情爆發後，急著逃跑，諾諾卻想著可以設法補過——把水收回瓶子。相形之下，現代女性竟比古代男人還有擔當啊！

讓世界更美麗的方法

從國家劇院下方的「戲台酒館」吃過晚餐出來，發現外頭歡聲雷動，舞台上有人正演奏著爵士樂，地上坐滿了人。晚風真是棒極了，整個廣場風吹影動，簡直是太平盛世。我們迎著風前進，阿公拉著姊姊海蒂的手走在前方，阿嬤拉著妹妹諾諾緊隨其後。

姊姊說：「小米（她們為風取的名字）今晚又來跟著我們了。」

阿嬤有感而發：「能握著孫女的手，是阿公、阿嬤感到最幸福的事哪。」

諾諾說：「那麼，阿嬤，我們要緊緊握著手哦。」

阿嬤一時心蕩神怡，說：「以後，阿嬤老了，你也會握著我的手嗎？」諾諾很務實地說：「阿嬤老了以後最好坐輪椅。」

阿嬤說：「我不想坐輪椅。」諾諾說：「那你還是拿拐杖吧。」

阿嬤不死心，再問：「好啦，坐輪椅，誰推我啊？」「阿公會推吧。」阿嬤好失落，諾諾也許看出了阿嬤的失落，她安慰阿嬤：「放心，我會在輪椅的旁邊握著你的手，如果你一手拿拐杖，我就會握著你的另一隻手的。」

阿嬤差點哭了，那年諾諾才三歲又四個月。

回家後，兩位小朋友不停地在阿嬤的電腦前糾纏，要求阿嬤幫她們印各種著色畫，一張又一張。幾次下來，阿嬤不耐煩，把諾抱到膝上，問她已經印了幾張了？她說三張。

「那你覺得阿嬤還會答應幫你印第四張嗎？」阿嬤問。

諾很篤定說：「會，一定會。」

阿嬤問她何以能如此肯定，諾諾說：「因為你老了以後，我會在旁邊握著你的手啊。」

阿嬤每回在電腦前寫稿或修稿時，小傢伙無聊，總不時過來撒嬌，要影印著色畫給她們上色。妹妹常常一張還沒畫完，又來要求印一張跟姊姊一樣的圖。姊姊說：「你要先完成自己那張，才能請阿嬤印給你另一張。」妹妹耍賴說：「我就是想跟姊姊畫一樣的啊。」姊姊很嚴厲，轉頭跟阿嬤說：「阿嬤，那以後你就把我要畫的影印兩張就行了，不用另外幫她印別種的。」妹妹一看沒啥希望，只好快快然走開。

沒多久，妹妹又潛入書房，站在阿嬤旁邊。阿嬤跟她說：「阿嬤要努力賺錢才能買紙、買印表機、色帶給你畫圖（其實是廢物利用，是印過的A4紙背面），賺錢不容易。」

諾諾看著電腦上被拉上拉下修改著的稿子，很感慨地說：「阿嬤幹什麼寫那麼多的字？」

阿嬤說寫比較多的字才能賺比較多的錢，諾諾馬上說：「阿嬤不要賺那麼多錢，來陪我們玩啦。」

她幫我把旋轉椅轉了個方向，讓阿嬤別面對電腦螢光幕，雙手握起阿嬤的雙手，緊緊的，然後把頭靠在阿嬤膝蓋上央求一起玩。阿嬤說：「好吧，阿嬤現在陪你玩，陪你一起長大，以後你要陪阿嬤一起老哦！」

諾諾抬起頭認真地說：「我才不要陪阿嬤一起老。」阿嬤錯愕，諾諾眼睛看著阿嬤說：「我不要陪阿嬤一起老，我要陪阿嬤一起美麗。」又脫口一句經典名言。

一日，阿公、阿嬤跟孫女一起閱讀一本曾獲美國圖畫書大獎的繪本書《花婆婆》（三之三）。故事說：一位住在海邊的可愛女孩艾莉絲，立志長大後，跟爺爺一樣去遠方旅行，老了，也跟爺爺一樣住在海邊。爺爺叮嚀她：「除了旅行和住回海邊，你一定要記得做一件讓世界變得更美麗的事。」

年幼的艾莉絲當時不知道將來會做什麼，但她努力認真生活，長大真的離開家鄉遠赴異地就職當圖書館員，也去旅行。晚年，在東方不小心受傷，就選擇在海邊住下養病。

她為了妝點病床窗外單調的景致，在夏天撒下魯冰花的種子，春天裡竟真的開了美麗的花。於是，她決定在散步途中，將口袋揣著的種子一路撒下，第二年春天，公路旁、鄉間小路、教室、教堂後面及石牆下都長出燦爛的魯冰花，她讓世界變得更美麗。

故事講完後，祖孫一起去廚房吃點心。阿嬤問小孫女：「你將來想做什麼讓世界更美麗的事？」兩孫女目瞪口呆，最後說：「不知道，我們還小小的。」

阿嬤提醒她們：「讓世界更美麗的方法，不只是看起來很漂亮而已，做一些溫暖的好事也是可以的哦！譬如艾莉絲先前去當圖書館員，把書擺得很整齊，讓大家去借書時很方便，也是美麗的事哦！」

姊姊一聽，馬上說：「那我要畫美麗的卡片送給我的好朋友Brooke。」阿嬤嘉許她說：「嗯，這確實很美麗。」

姊姊回頭看到阿公在洗下午茶的杯盤，又接著說：「長大後，我要幫阿公洗碗。」

妹妹很機警地接著說：「我也要幫阿公搥背。」說完，兩人飛快跑到阿公身邊，示意阿公蹲下來，讓她們先搥搥看。阿公做出舒服的表情說：「我太感動了，這真是很美麗的事。」

阿嬤吃醋，抱怨：「為什麼你們都只想到阿公，阿嬤真的好可憐。」

姊姊忙說：「那我幫你打電腦好了。」

妹妹也慌忙說：「那我幫阿嬤去演講。」

阿嬤嚇得落荒而逃，雖然也承認二妹的用心確實很美麗。

延伸思考

讓世界變得更美麗的方法，其實很簡單。只要送卡片給好朋友，在長輩年邁時，一旁握著他的手，秉持愉快的心情幫家人洗碗、搥背……每一件事都讓人心蕩神怡，感受無比的美麗。讓我們從孩童時期開始為家裡的小朋友溫柔扎根。長大後，成為誠實、善良、守法的好國民。這世界就從各處美麗起來了！

首度國家音樂廳的風雅聆賞經驗

承理容贈票，帶二姝去國家音樂廳聆賞TICF台北國際合唱音樂節菲律賓「曼達維兒童合唱團」演出。

阿嬤曾在行前做了簡單的解說：「音樂會是比較正式的活動，跟上回在西班牙小劇場觀賞佛朗明哥舞稍有不同。小劇場裡可以人手一杯，甚至可以跟著打節拍，在國家音樂廳聽合唱團演唱，歌曲沒有結束不要隨便拍手。」

阿嬤叮嚀她們：「如果不喜歡，安靜睡覺也沒關係，但不能講話。」小朋友頻頻點頭稱是。後來發現，說是「兒童」合唱團，其實兒童只有四、五個，稱為「少年」合唱團應該較名符其實。

一開場，倒是有國內台北復興小學的兒童合唱，接下來的第一首曲子從頭到尾只有「阿彌陀佛」四個字，卻唱了好久；另有抒情歌曲，旋律也很慢。諾諾苦撐到第七首左右，終於陣亡；姊姊海蒂為了顯示她跟得上時代，一直強睜著眼睛，全場有兩個半鐘頭。雖然音樂真的很棒，但對兒童而言，實在有點困難。

諾諾到後半場醒來，有點慚愧。出場後，坦承：「我太累了，中間有一段時間睡著了。」

姊姊說她最喜歡其中的某一首，妹妹一直問：「是哪一首？是我睡著時唱的嗎？還是醒著的時候唱的？是穿什麼衣服？」

姊姊說不清（應該是印象不深，因為每首都人數眾多、服裝好繽紛，無法確切說明），很氣地吐槽妹妹：「不要再問了，我說了你也不知道。」

諾諾有些訕訕然，阿嬤安慰她：「睡一點覺沒關係的，你爸像你一樣大的時候，我跟阿公帶他從中壢上台北聽傅聰的鋼琴獨奏會（好難為小孩），他也睡著了。醒來還逞強說：『我只睡了五分鐘。』阿嬤請他說說心得，他很嚴格地評論：『我覺得傅聰的鋼琴沒有表姊彈得好。』那年，他表姊蕾蕾才小學二年級。」

但老實說起來，那次的合唱團表演，對五、六歲的孩童來說，有些難度，諾諾因此打了瞌睡也不足為奇。

其後，帶她們去國家音樂廳欣賞二〇一九年張正傑的親子音樂會「穿金戴銀木頭人」。張正傑長期以來對普及音樂的努力，大家有目共睹，讓人感動。音樂會進行中，他使出渾身解數，把大人小孩都逗樂了。上回在合唱音樂會中盹著的小諾，這回沒漏氣，從頭到尾不但沒睡著，還熱烈鼓掌。

音樂會結束，二姝都跟阿嬤說：「好有趣，我的手都拍疼了！阿嬤你看，是不是很紅？」整場音樂會秩序井然，張教授的解說亦莊亦諧，不會太深奧，恰到好處。中場休息時間的養樂多更是大振童心。

出了音樂廳，小朋友還沉浸在最後安可曲的康康舞，我們就在月光下哼著旋律，跳著康康舞回家。

回家後，二姝爭著跟阿公還原現場，她們居然對各式樂器（大提琴、小提琴、鋼琴、長笛、法國號）演奏音樂家名字瞭若指掌，好驚人！

延伸思考

音樂、戲劇、美術和文學的薰陶是心靈的饗宴，經常帶著孩童參加，耳濡目染下，必有收穫，尤其是音樂，訴諸聽覺，人們的感受是最直接的。但安排活動時，如果能掌握節目的難易程度，才不會減損孩子聆賞的興致。

諾諾的肚臍功課

諾諾從學校帶回一本繪本童書，題為《肚臍的祕密》（信誼）。書的排版很有意思，少數的字是電腦字，有注音；大部分是手寫字，沒注音。是學校的藏書，讓小朋友假日在家裡讀，讀完後，有一大一小的繪圖功課，分別畫出主角人物和故事的內容，讓諾諾相當苦惱。

故事的大致內容是談肚臍原本是母子相連的，生產後才一刀剪開，不要隨便摳肚臍，容易造成肚子疼。故事從有趣的「雷公會偷摘小朋友的肚臍當點心」的民間傳說開始，拉開所有對於肚臍的種種知識，滿生動活潑的。

諾諾一回家就嚷嚷著：「我今天有功課喔，要畫圖。」她拿出繪本書，搔首踟躕。阿嬤問她書看了嗎？她說：「看了，不信我唸給你聽。」

嬤孫兩人坐到沙發上，她認真讀著，阿嬤雖然知道她已會認字，但聽到她把整本書唸完，只有少數一兩個字有一點疑慮，還是非常驚喜。

她在作業紙上的小格子裡畫了個主角小男孩，卻對著大格內的內容發呆。「雷公很難畫捏，我不會畫。」她說要畫雷公偷摘肚臍的畫面。阿嬤建議她避重就輕，既然不會畫雷公，乾脆畫一個大人和一個小孩，然後在兩人之間拉出一條肚臍就行了。她不肯，說那不是書本的主要內容，重點應該放在雷公偷摘肚臍上。原來小孩子閱讀的重點，還是放在有趣的神怪部分。

但諾諾對一張小貝比被拉出來的照片格外有興趣，指著媽媽頰邊三滴眼淚很好奇：「這個媽媽為什麼流眼淚？」阿嬤說：「生孩子很辛苦、很痛的，所以你要對媽媽特別好、特別孝順才是。」

諾問：「生孩子有多痛？有比剪指甲時被剪到肉更痛嗎？」啊啊！這可說到阿公的痛處了。（阿公力持鎮定，但阿嬤看出他玻璃心碎一地）

阿嬤在解釋生產之痛時，連帶表演用力深呼吸、吐氣、大聲喊叫，兩個小孫女睜大眼睛，驚訝地張大嘴。

其後，諾仍然受困於那一張還沒有畫的圖，但每隔幾分鐘，就翻到那一頁，要阿嬤再說明一次，阿嬤表演得精疲力盡。阿公這時出來補充：「除了痛之外，孩子生出來媽媽很高興，也會流眼淚，這叫『喜極而泣』。」（好正向的解說，只有不曾生過孩子的男人才會這樣說吧？）

第五次時，阿嬤已經乏力，問她們同一頁聽那麼多次不煩嗎？到底怎麼一回事？

姊姊說：「聽你這樣講很療癒捏！」（上回，諾說阿嬤切筍的聲音，聽了很舒壓）這是什麼樣的變態想法？聽到女人生孩子痛不欲生，居然有療癒作用！

次日，諾一早起來，又拿來那本書，阿嬤嚴辭拒絕：「我昨晚已經用力喊叫，幾乎生下了五個孩子，今天不能再生了。」

無奈的是，無論阿嬤生了幾個孩子，諾的功課仍舊沒有畫出來。

延伸思考

美感教育確實是生活中不可缺少的，因為美而受到感動，達到精神愉快與滿足境界，是影響做人處事成功與否的重要因素。

最近，發現坊間許多童書，都非常注重封面設計及版型圖片的雅緻，讓人尚未讀到文字，先就愛不釋手。

就因為美感經驗一向不為台灣的教育所重視，傳統往往視美觀為書裡「買櫝還珠」式的喧賓奪主，我們更期待在兒童的繪本書裡能找到文字流暢、排版雅潔、字體美觀、插圖漂亮、封面讓人耳目一新的書，來彌補學校美學教育之不足。

創意繪本書

1 為什麼太陽不升起？月亮還在？——海蒂今生第一本創意繪本書

海蒂熱中自己做繪本書，每天有畫不完的畫。自己畫，自己黏。阿嬤要她把故事說出來給大家聽，沒想到還有點兒意思。於是，阿嬤請她一句一句說出來，阿嬤幫她打字出來，姑姑幫著將文字貼到圖片上，竟然真的成為一則有趣的故事。

這可以說是她今生第一本創意繪本書。阿嬤認為，這是一個有關彩虹、太陽和月亮的故事，在兩性平權公投前，感覺彷彿隱含著些什麼，饒富深意。

書名是：《為什麼太陽不升起？月亮還在？》

從前，有一個帶著很多彩虹能量的人，名叫史卡貝拉。史卡貝拉可以對付很多魔法人。

一天，一個從法國來的小熊公主，名叫小熊蝴蝶公主，她很愛飛，準備去找她的好朋友小藍月。小藍月見到她好開心，她們一起玩球及其他的遊戲。

晚上了，她們準備回家。小藍月還沒睡，等到太陽快升起時，她才睡，因為她是月亮小雲。她很像貓頭鷹，卻不是貓頭鷹，她是一匹小馬。

後來有來了一個叫「彩虹小熊」的公主，也是從法國來的，彩虹愛畫畫，每天都畫好多彩色的東西。

有一天，沒有太陽的時候，牠就沒辦法起床。所以，半夜起來去喝杯牛奶，就出去看看為什麼早上一直不來。

明明是時間到了，為什麼太陽不升起？月亮還在？

2 開始寫自己的故事

昨晚，海蒂和諾諾一起看了一本題為《圖書館老鼠》（小魯文化）的繪本書。書中提到一隻寄居在圖書館的小老鼠，在夜裡偷偷出來看書。飽讀書本的牠開始萌生寫故事的念頭。於是，牠遵照看過的書中所說，拿起筆寫「自己知道的」，一本接一本，結果大受小讀者的歡迎，圖書館還辦理「與作家面對面」的有趣活動，引發了小朋友也想創作的慾望，大夥兒都開始寫自己的故事。

看完之後，海蒂心情澎湃洶湧，說她也想寫畫一本小小的繪本書，諾諾不甘示弱，也跟著熱血沸騰。

海蒂要求：「我來唸，阿嬤幫我寫出來。」阿嬤正忙，乾脆丟給她一枝手機，請她先想好故事後，自己用語音輸入。海蒂煞有介事，飛快寫了一個簡單的老鼠與貓的故事。阿嬤稍加訂正同音致誤字後，海蒂拿去請姑姑幫忙把文字在A4紙上分段分張排版印出，空出大部分版面，讓海蒂畫圖，變成十頁的繪本書。

諾諾眼看姊姊開始用手機錄音，也吵著要手機輸入語音。姑姑只好也出借手機，她也跟著寫了個貓咪的故事。她拿著手機在客廳跟書房間邊走邊唸，唸了好長、好長。

忽然，她驚叫一聲，哭喪著臉說：「怎麼辦？我不知道按到什麼，所有的字全都不見了啦。」她急得快哭了，拿給阿嬤看備忘錄裡空空的畫面。阿嬤感同身受卻也無計可施，只能安慰她：「真是讓人生氣喔！阿嬤以前剛剛學習使用電腦寫作的時候，也常常把寫了好幾千字的稿子給弄丟，氣得半死，沒辦法，只好重寫。」

姑姑查看半天，也說沒法子拯救，阿公鼓勵她重寫。她像受困的大人般，把頭埋進兩手間，好委屈地說：「我都忘記自己剛剛寫什麼了啦！也不知道後面要接什麼了。」阿嬤首次看到一個孩童如此焦慮，試著安慰說：「阿嬤剛剛好像有聽到一些些，你再想想，也許我也會幫你想起來一些，別著急。」

這回姑姑仗義幫忙，說：「來，這次你來講，我來幫你打字吧！」諾諾這才安定下來，重新說了個不大一樣的故事。

因為爸拔、媽媽前來接人，繪本書尚未完工，姊姊已把文圖完成，等著下回來著色，諾諾只完成文本，姑姑已幫忙排版完畢，下次回來，諾再畫畫。

諾諾說：「我們三個人終於合力寫出來，好棒。」阿嬤問哪三人？「姊姊、姑姑和我。」沒有阿嬤！阿嬤哀號：「阿嬤沒有幫忙！你覺得阿嬤沒有幫忙？」諾說：「你有幫忙嗎？沒關係，你下次再幫忙好了。」

二姝的文本如下：

《老鼠和小貓咪》文／圖 蔡海蒂

老鼠決定要去找貓咪玩。

貓咪本來是老鼠的獵人，但是，這隻名叫小李的貓咪卻跟名叫小金的小老鼠成了好朋友。

本來是敵人的老鼠和貓咪為什麼成為好朋友呢？因為小貓咪有一次跌倒了、差點掉進水溝，小老鼠很機警地把小貓咪扶起來。

小貓咪就說：「謝謝你，小老鼠。你可以當我的好朋友嗎？」牠們就是這樣變成常在一起玩的好朋友。（故事結束）

《我的博物館》文／圖 諾諾

小貓咪進入了博物館，牠要找一本書——要交好朋友的書。

牠就找、找、找、一直找都找不到。牠去問博物館員，博物館員說：「你就直走、右轉、再直走，再右轉，就會到了你要找書的地方。但那要『嗶嗶』刷卡才能進去，進去後，你在那裡隨便看看，就能找到你要的書。」

小貓順利找到牠要的書，看了看，覺得很好，就拿去櫃檯付錢。買了書出來後，牠走著、走著，居然想不起回家的路。牠拿出手機要查回家的路，忽然遇見了朋友。剛好朋友要去吃飯了，他們就一起去吃晚餐。吃飽飯後，兩人說掰掰，回家寫功課了。

牠成功地交了第一個朋友。

延伸思考

姊姊海蒂一向非常喜愛繪畫，養成跟阿公一樣的習慣，到哪裡都帶著筆跟紙，走到哪裡、畫到哪裡。她甚至開始製作繪本書，自己編故事，文圖一手包，甚至連裝幀都自己來。妹妹年紀小，卻也不認輸，說起故事也頭頭是道，頗有跟姊姊較勁的意味。只是她誤認圖書館的書跟書店一樣，是可以賣的。阿嬤看她興沖沖的，不忍掃興，還沒糾正她。

剛開始大人說故事給她們聽，現在，輪到她們畫繪本書給大人看，學會的本事越來越多了。

後記

祝福的3.0版

今年正逢我七十歲整壽，從年後一直發表文章自放煙火自娛，沒料到，生日的今晚，意外出現高潮。

在阿公及孫女環繞下，姑姑將電腦連結到電視，一打開，從世界各地、台灣各角落傳來的錄影祝福，被連綴成一長串暖心又美麗的詩篇。

才開場，閨密、文壇、影界好友們一出場，阿嬤就老淚縱橫；接著家族、親戚現身；再來是所有畫友及其兒女的祝福；接著是中正理工、東吳、世新、北教大的學生及其學生們魚貫出現；以前的同事、鄰居、學妹；兒子女兒的朋友、同學及其兒女；女兒的長官；由阿公、兒女、媳婦及二姝壓軸演出，海蒂親自製作導演板，拍板後，兒子犧牲色相，著女裝彩衣娛親；媳婦祝福隨時可以找到東西；海蒂表演阿嬤睡覺表情，諾諾將阿嬤榮升愛的排行榜冠軍，最後在女兒文字的祝福聲中落幕，總計七十餘則、百餘人參與其間，海外有來自加拿大、舊金山、日本、上海；國內則有來自屏東、高雄、花蓮、宜蘭、台中、台北……

阿嬤一路哭到底，不是為了忽然意識到年紀高大，而是感到人生有情。我真是得天獨厚，有好朋友的關照，有家人親戚的支持，學生的相挺……今生真是太幸運了。尤其是外子，一向言詞蹇澀，居然破天荒告白，真不枉此生矣！雖然仍是一貫的言簡、支吾，但看到他頂著一頭星星白髮，對著鏡頭自拍，真引得我涕淚漣漪。真難為他了，我這不及格的妻子，嫁到一個將婚姻的美滿幸福門檻降得極低、極低的男子，說我幸運，還真是沒錯吧？

不好意思的是女兒真是天真未泯，竟然膽大包天，驚動這麼多人！雖說大恩不言謝，還是要深深一鞠躬：謝謝捎來祝福的諸位。

我忽然想起二十年前，女兒在美國念書。當時，電腦操作技術還十分生疏的我，曾花費許多精力與時間，揀選女兒自出生到二十歲的各階段照片掃描、列印出百張，還用文字藝術師，編輯了兩篇彩色漸層的書信。在她暑假回國前一天，外子在家中長廊、客廳、書房間拉出長長環繞的鐵絲，並將那上百張A4照片依照時間順序一一夾到鐵線上，從大門口開始、一路蜿蜒。

女兒回到家，打開門，看到這般壯觀排場，瞬間涕淚橫流，感動地趴在我的肩上大哭。那是個Office剛剛開始發展開來的年代，我掃描列印照片、外子牽線、夾上照片、兒子充當媽媽的軍師，全家人齊心合力為女兒的二十歲生日盡心盡力。

二十年後的今天，我七十歲，女兒回報我七十餘則、百餘人的短片祝福，由照片進階為影片，由三人合作變成百人參與，堪稱祝福的3.0版，而眼淚的復仇則是5.0版，真心不騙。

——寫於二〇二〇年三月十四日，七十歲生日

教養生活0059

讀出太陽的心情——孩子生活美感的練習

作　者——廖玉蕙
繪　圖——海蒂（封面）、諾諾（封底）
全書照片提供——廖玉蕙
主　編——李麗玲
校　對——沈維君
責任企劃——金多誠
封面暨內頁設計——江孟達
內頁排版——立全電腦印前排版有限公司

總編輯——曾文娟
董事長——趙政岷
出版者——時報文化出版企業股份有限公司
一〇八〇一九 台北市和平西路三段二四〇號七樓
發行專線——（〇二）二三〇六六八四二
讀者服務專線——〇八〇〇二三一七〇五
（〇二）二三〇四七一〇三
讀者服務傳真——（〇二）二三〇四六八五八
郵撥——一九三四四七二四時報文化出版公司
信箱——一〇八九九臺北華江橋郵局第九九信箱
時報悅讀網——http://www.readingtimes.com.tw
時報文化臉書——https://www.facebook.com/readingtimes.fans
法律顧問——理律法律事務所　陳長文律師、李念祖律師
印　刷——勁達印刷有限公司
初版一刷——二〇二〇年四月二十四日
定　價——新台幣三二〇元
（缺頁或破損的書，請寄回更換）

讀出太陽的心情：孩子生活美感的練習 / 廖玉蕙著. -- 初版. -- 臺北市：時報文化, 2020.04
面；　公分
ISBN 978-957-13-8174-9(平裝)

863.55　　109004570

ISBN 978-957-13-8174-9（平裝）
Printed in Taiwan